©MOJANG

MINECRAFT
CHRONIQUES DE L'ÉPÉE DE PIERRE

CHAOS DANS LE CODE

Traduit de l'anglais
par Rosalind Elland-Goldsmith

Titre original : *Crack in the Code!*

Édition originale publiée en 2021 par Farshore
Pour le compte de HarperCollinsPublishers
1 London Bridge Street, London SE1 9GF
© 2021 Mojang AB.
Minecraft et Mojang sont des marques déposées
et enregistrées de Mojang Synergies AB.

*Les mots suivis d'un astérisque sont expliqués
dans le glossaire, p. 145.*

CHAOS DANS LE CODE

Par **Nick Eliopulos**

Illustrations de **Luke Flowers**

GALLIMARD JEUNESSE

MORGAN

HARPER

PO

JODI

THEO

Prologue

Theo Grayson se tenait à la Surface.

Seul. Ce qui n'aurait jamais dû arriver. C'était une règle d'or, d'après ses amis : **personne ne devait se rendre seul dans Minecraft.**

Car le jeu était peuplé de monstres. Et la petite bande avait des casques de réalité virtuelle trafiqués qui permettaient à chacun d'accéder à Minecraft *pour de vrai*. Ce qui voulait dire que les monstres, le danger – l'inconnu – étaient réels.

Mais cette fois, la curiosité avait eu raison de Theo. Il cherchait quelque chose. Une chose nouvelle. **Une chose… inhabituelle.**

Theo avait aperçu toutes les créatures passives habituelles de Minecraft : des poulets, des moutons, des cochons, des vaches.

C'est alors que, du coin de l'œil, il distingua quelque chose de coloré.

L'avatar digital du garçon avait beau être dépourvu de cœur, il crut bien sentir son pouls s'accélérer. Il n'avait pas non plus de poumons, mais il avait le souffle court. Theo fit volte-face et leva les yeux vers le ciel.

Là-haut, dans les airs, voletait un papillon solitaire.

– J'ai réussi ! s'exclama le garçon, bien qu'il soit seul. **J'AI CRÉÉ UNE NOUVELLE CRÉATURE !**

Avec un peu de chance, ses amis seraient admiratifs. En espérant qu'ils ne soient pas fâchés – car Theo avait déjà enfreint une autre règle un peu plus tôt.

Il n'avait pas le droit de trafiquer le code.

Sauf que cette règle-là ne lui convenait pas.

Il ne faisait rien de mal, juste un peu de modding*.

Que pouvait-il arriver de grave ?

Chapitre 1

C'EST BIEN CONNU :
LA VIE EST UN ÉTERNEL
RECOMMENCEMENT...
... OU PAS !

Theo arriva en avance au collège de l'Épée de Bois. Pour une fois, il était impatient de commencer la journée.

Il avait des nouvelles à partager avec ses amis. De grandes nouvelles. Des nouvelles **minecraftiennes**!

Theo était le nouveau membre de la bande non officielle de Minecraft. La plupart du temps, le petit groupe se réunissait après les cours, au labo informatique du collège, pour jouer à Minecraft sur un serveur partagé.

Mais aujourd'hui, il n'était pas question de patienter jusqu'à la fin de la journée. **Theo voulait retrouver ses amis, et tout de suite!**

Il se précipita vers le grand chêne au pied duquel la bande se regroupait parfois le matin, mais il n'y vit qu'une seule personne. Celle-ci était coiffée d'un borsalino et portait des lunettes noires. Theo reconnut aussitôt Jodi Mercado.

– Salut, Jodi ! Tu as une minute à m'accorder ?

– Jodi ? Quelle Jodi ? **Je suis l'agente J. Je ne connais pas de Jodi.**

– Ah… fit Theo. Pardon…

« Mieux vaut jouer le jeu », pensa-t-il.

Au bout de quelques minutes de silence gêné, l'agente J baissa ses lunettes et chuchota :

– Je blague, Theo. C'est bien moi, Jodi ! Mais joue-la profil bas, s'il te plaît : **je suis en pleine mission d'espionnage top-secrète.**

La fillette s'adossa au tronc et jeta un coup d'œil de l'autre côté. Theo regarda aussi mais ne vit rien d'autre que quelques élèves, attroupés sur la pelouse. Des agents municipaux surveillaient les abords de l'établissement. Sur le trottoir d'en face se dressait la bibliothèque.

– **Dis, agente J, que cherche-t-on exactement ?** demanda Theo.

– Doc a transporté tout un tas de matériel à la bibliothèque, répondit Jodi, en consultant sa montre. Il y a pile quatre minutes et quarante-deux secondes. Du matériel high-tech.

– Et tu trouves ça étonnant ?

« Doc » était le surnom de **Dr Culpepper, leur professeure de sciences.** Elle avait un certain goût pour le bricolage d'outils technologiques, et ses initiatives avaient souvent causé de gros dégâts au collège de l'Épée de Bois.

– *Tout* ce que fait Doc est étonnant, répliqua Jodi. Ce transfert de matériel est peut-être anodin.

– Ouaip, admit Theo. D'ailleurs, c'est certainement…

– À moins qu'elle ait décidé de remplacer les bibliothécaires par des cyborgs ! le coupa Jodi. **Une fois que ceux-ci seront en charge de la bibliothèque, ils contrôleront l'information.** Et alors, ils régneront sur le monde ! Imagine un peu les pénalités de retard qu'ils réclameront… Des sommes astronomiques !

– C'est une possibilité, oui… Ou bien Doc a simplement décidé de faire don de son ancien matériel à la bibliothèque.

– Chut ! fit Jodi. **la voilà.**

Theo suivit son regard et constata que son amie disait vrai. Doc était en train de traverser la rue en direction du collège.

– **Je dois la prendre en filature.** Désolée, Theo !

– Pas de problème, répondit le garçon en haussant les épaules. Mais où sont les autres ?

– Aucune idée, répliqua Jodi, en se cachant derrière un buisson. Je crois que Po a un entraînement, ce matin. Va voir au gymnase !

Po Chen se trouvait bien au gymnase. Theo le vit traverser le terrain de basket à toute vitesse, pivoter d'un coup et envoyer le ballon pile dans le panier. *Tchac !*

Theo ne connaissait pas grand-chose au sport, **mais le talent de Po était évident.**

Il jouait dans l'équipe de basket de l'Épée de Bois, une équipe mixte, où tous les joueurs évoluaient en fauteuil roulant, même les élèves valides. Ce type de jeu nécessitait beaucoup d'entraînement. Ce qui n'empêchait pas Po de garder du temps pour d'autres activités, telles que les séances de Minecraft.

Theo, à l'inverse, n'aurait jamais pu imaginer se lever plus tôt le matin pour faire du sport avant les cours. Déjà qu'il peinait à consacrer quelques minutes à son petit déjeuner…

Il bâilla et manqua de se faire assommer par le ballon de basket.

— Désolé! lança Po en le rejoignant au bord du terrain. J'ai raté ma passe. D'ailleurs, la partie tout entière ressemble plus à un jeu de balle au prisonnier qu'à un match de basket!

— **Rien de grave,** dit Theo en récupérant le ballon sous les gradins. Je voulais juste te parler de Minecraft et du Roi évocateur, poursuivit-il en baissant la voix.

Po se tut. Il était tout ouïe.

— Po, dépêche-toi ! l'appela un de ses coéquipiers.

— Reviens sur le terrain ! renchérit un autre. Tu as encore besoin de t'entraîner, on dirait !

— Hé ! s'indigna Po en souriant. Je vais te montrer si j'ai vraiment besoin de m'entraîner.

Il se retourna vers Theo.

— Pardon, mon pote. Ça peut attendre ?

— Bien sûr, répondit son ami, un peu contrarié. Tu sais où sont les autres ?

— **Harper voulait faire des recherches au labo de sciences.** Tu l'y trouveras peut-être.

Harper Houston était en pleine expérience. C'était ainsi qu'elle aimait consacrer son temps libre en début de matinée. À l'aide d'une pipette, elle était occupée à verser un liquide dans un bécher, goutte à goutte, quand, du coin de l'œil, elle aperçut Theo.

— Désolée, Theo, je ne peux pas parler. Si je

me déconcentre ne serait-ce qu'une seconde, le résultat pourrait être...

— ... explosif ? compléta le garçon, avec un peu trop d'entrain.

Ses expériences préférées, en cours de sciences, étaient celles sur les volcans, les fusées et les geysers.

— Non, quand même pas, nuança Harper. Je ne fais rien de dangereux. Mais si je me trompe dans les mesures, **une odeur de putois risque de se répandre dans tout le collège.** Je ne crois pas que ça plairait à grand monde.

Theo recula d'un pas.

— Tu m'as convaincu, assura-t-il. Je ne te déconcentrerai pas avec ma grande découverte sur l'intelligence artificielle qui vit dans notre partie de Minecraft...

Sous son masque de protection, les yeux de Harper s'arrondirent.

— Espèce de crapule ! s'exclama-t-elle. Voilà précisément le genre de sujet qui a toutes les chances de me déconcentrer. Et tu le sais !

En effet. **Harper était l'une des per-sonnes les plus intelligentes que connaissait Theo,** et aussi l'une des plus curieuses. Elle idolâtrait Doc, adorait les sciences et était passionnée par l'écologie.

Et surtout, elle était ultra-douée à Mine-craft. Elle semblait connaître par cœur toutes les recettes de fabrication et formules de potions. Alors évidemment qu'une découverte sur l'intel-ligence artificielle qui se faisait appeler « Roi évocateur » allait l'intéresser !

Mais Theo ne voulait pas être responsable de l'odeur fétide qui risquait de se répandre dans tout le collège, surtout de bon matin.

— Pardon, pardon ! répéta-t-il avec un large sourire. Je te raconterai ça plus tard. **Je vais essayer de trouver Morgan avant la son-nerie.**

— Va voir à la cafétéria, lui conseilla Harper. Je crois qu'il s'y est installé pour réviser.

Morgan Mercado ne leva même pas les yeux de son manuel quand Theo s'appro-cha de sa table.

— Pas maintenant, lui dit-il. Je suis désolé, mais j'ai un contrôle et je ne suis pas *du tout* prêt.

— Pas de problème.

Mais il y avait une note de déception dans la voix de Theo. **Il ne s'attendait pas à ce que la matinée se déroule ainsi.** Comment tous ses amis pouvaient-ils être aussi occupés alors que la journée de cours n'avait même pas commencé ?

Morgan perçut la contrariété de Theo. Il soupira et le regarda.

— C'est important ?

— Un peu, répondit son ami. **Ça concerne le Roi évocateur, mais je t'en parlerai plus tard...**

Morgan ferma son livre d'un coup sec.

— Pourquoi ne pas l'avoir dit tout de suite ?

Un grand sourire s'afficha sur le visage de Theo. Manifestement, Morgan avait toujours le temps quand il s'agissait de Minecraft.

— J'ai étudié le code du jeu, expliqua Theo.

19

Et j'ai travaillé sur les mods. Tu sais ce qu'est un mod, n'est-ce pas ?

– Plus ou moins… « Mod » vient de « modification », il me semble, et une « modification » est un changement. **C'est donc le terme qu'on utilise quand quelqu'un change le code du jeu.**

– C'est presque ça. Un mod ne transforme pas le code du jeu, mais il ajoute du code au code. Par exemple, les mods de Minecraft servent à créer de nouvelles armes, de nouveaux blocs ou des gemmes, mais ils n'agissent pas sur le fonctionnement du jeu. En revanche, ils peuvent le rendre un peu différent, par petites touches.

Morgan hocha la tête. **La version de Minecraft à laquelle jouait la bande depuis le début était plus qu'« un peu différente »;** elle était exceptionnellement bizarre. En effet, Doc avait utilisé des ordinateurs du collège pour mener une expérience de réalité virtuelle et d'intelligence artificielle. Aussi, quand Theo, Morgan et les autres faisaient une partie de Minecraft, ils jouaient *à l'intérieur* du jeu. Leur esprit était transporté dans **un monde vivant et extraordinaire, où le mode Survie prenait tout son sens.**

D'autant que, dans ce monde, ils n'étaient pas seuls : une intelligence artificielle habitait cette version du jeu. Elle se faisait appeler « Roi évocateur » et avait été leur ennemie avant de devenir leur alliée… Mais, à présent, elle avait besoin d'aide.

Pour une raison mystérieuse, le Roi évocateur avait en effet été statufié, transformé en figure inerte, sans émotions ni pensées.

Theo s'était promis d'élucider cette énigme.

— Tu as essayé de venir en aide au Roi évocateur ? lui demanda Morgan. C'est pour ça que tu t'es renseigné sur les mods ?

— Ouaip, confirma son ami. Doc a remanié le jeu avec des mods. **C'est donc un mod qui, au départ, a permis au Roi évocateur d'accéder à Minecraft.** Alors, j'ai commencé à faire mes propres expériences. Je m'entraîne. Pour tenter de comprendre ce qui est arrivé au Roi évocateur. Et pour le réparer !

Theo s'attendait à voir le visage de Morgan s'éclairer. Au contraire, celui-ci se rembrunit.

— Ça ne me semble pas être une bonne idée. C'est risqué de trafiquer le jeu. Et si tu ne faisais qu'aggraver le problème ?

Theo ne sut pas quoi répondre.

— On en reparlera plus tard, conclut Morgan. Je dois reprendre mes révisions.

— D'accord.

— **En attendant, ne touche plus à rien avant qu'on en discute :** ne crée pas de nouveaux mods et ne transforme pas les anciens. Compris ? Ce genre de décision doit être pris en équipe.

— Oui… Bien sûr… En équipe.

Mais c'était trop tard, et Theo le savait. Non seulement, il avait déjà créé plusieurs mods,

mais il avait aussi changé le code de Doc. **Tout cela, sans consulter qui que ce soit.** À coup sûr, Morgan serait fâché.

« Mieux vaut ne pas en rajouter », pensa Theo.

Il craignit un instant de s'être dénoncé en rougissant de gêne, mais Morgan s'était déjà replongé dans ses leçons.

Theo retrouva la bande au complet après les cours, dans le couloir menant au labo d'informatique, comme presque tous les jours.

C'était *leur* moment. Pour jouer ensemble à Minecraft. Pour partager des aventures et construire de grandes choses.

Mais aujourd'hui n'était pas un jour comme les autres.

Morgan ouvrit les portes du labo… et retint un cri.

– **Qu'est-ce qui s'est passé ?!** souffla Po, interdit.

En chœur, Harper et Jodi répondirent :

– **Les ordinateurs…**

– **… ils ont disparu !**

Chapitre 2

MINUTE, PAPILLON !

Morgan était stupéfait. Paralysé. **À croire que son cerveau était incapable de traiter la scène qui était apparue sous ses yeux.**

Le labo informatique était son endroit préféré au monde : un petit coin paisible où l'on pouvait oublier tout le reste – les devoirs, ranger sa chambre… – et s'amuser entre copains – jouer, rire et partager des aventures de Minecraft.

Mais le labo informatique s'était volatilisé, remplacé par une sorte de… jungle ! La pièce était envahie de feuilles vertes, tandis que l'air était chaud et humide. À croire qu'une forêt tropicale avait poussé au beau milieu du collège !

S'étaient-ils trompés de salle ? D'établissement ? De planète ?

– **D'où sortent toutes ces plantes ?** questionna Jodi.

Elle s'avança d'un pas pour mieux voir et pivota lentement sur elle-même.

— Eh bien, ce sont des plantes en pot, constata Harper, en écartant une feuille. Quelqu'un les a donc apportées ici.

— Et les cocons ? ajouta Po.

— Quels cocons ? demanda Jodi.

Po désigna une petite coque suspendue à une branche. Puis une autre, et encore une. Il y en avait partout ! Lovées parmi les feuilles, accrochées aux lampes et aux rebords des fenêtres.

— Ce sont des cocons de papillon, constata Harper. De différentes espèces, je pense.

– À tous les coups, **c'est la dernière expérience en date de Doc!** s'exclama Jodi.

– Je savais qu'on allait étudier les papillons en classe cette semaine, mais créer une serre en plein collège, c'est de la folie! intervint Theo. Même pour Doc!

Fasciné, il tendit le doigt vers un cocon.

– Attention! s'écria Harper. C'est fragile.

Mais Theo poursuivit son geste.

– Tu sais, il existe des milliers d'espèces de mites et de papillons dans le monde. Je doute qu'il y en aurait autant si leurs cocons étaient si fragiles!

S'il avait été dans son état normal, Morgan aurait ordonné à Theo d'arrêter. Mais il était encore sous le choc.

— Je ne comprends pas… marmonna-t-il.

Il s'assit par terre et se prit la tête entre les mains.

– Où sont passés les ordinateurs?

Jodi claqua des doigts.

— Mais bien sûr! À la bibliothèque municipale! Ce matin, j'ai vu Doc y transporter du matériel informatique.

— Même le serveur de Minecraft a disparu, précisa Theo. Et les casques de réalité virtuelle…

— Nous devons aller là-bas pour en avoir le cœur net, décida Po. Tout de suite!

Maintenant qu'il savait où se trouvaient les ordinateurs, Morgan commençait à reprendre ses esprits. Il raillait parfois sa sœur quand elle

jouait à l'espionne, n'empêche qu'elle était douée pour repérer des choses qui, sinon, seraient passées inaperçues.

— Jodi et moi devons d'abord appeler nos parents, expliqua-t-il. Ils doivent donner leur autorisation pour qu'on quitte l'enceinte du collège.

Harper sortit son téléphone portable. Elle était la seule du groupe à en avoir un.

— On va tous appeler nos parents à tour de rôle, annonça-t-elle en tendant l'appareil à Morgan. Mais rapidement ! Histoire de tirer au clair cette histoire le plus vite possible.

Morgan acquiesça vivement. Il était d'accord. À cent pour cent !

La Bibliothèque et médiathèque municipale Excalibur était un grand bâtiment de pierre situé en face du collège. Quand il était petit, Morgan y allait presque tous les week-ends en famille. Sa sœur et lui assistaient aux lectures de contes et aux spectacles de marionnettes, puis ils repartaient avec des piles d'albums.

Chaque visite se terminait systématiquement par un bref arrêt devant la statue de l'entrée. C'était le genre de sculpture que Morgan adorait – celles qu'on avait le droit de toucher ! Elle représentait une épée plantée dans un rocher, comme la célèbre Excalibur de la légende arthurienne. À cause de cette statue, et parce

que « Bibliothèque et médiathèque municipale Excalibur » était un nom un peu long, les enfants avaient rebaptisé le bâtiment « **Bibliothèque de l'Épée de Pierre** ».

Les enfants traversèrent la rue, et Morgan effleura la statue, par superstition, avant d'entrer dans le bâtiment.

Dès qu'ils franchirent la porte, les enfants aperçurent deux silhouettes bien connues.

Mme Minerva, leur professeure principale, discutait avec Doc Culpepper, leur professeure de sciences. Toutes deux étaient les enseignantes préférées de Morgan, mais des désaccords les opposaient souvent. Et justement, elles étaient en pleine dispute.

– Non, c'est non, Doc! s'égosillait Mme Minerva. Pas ici! **Cette bibliothèque est mon havre de paix.**

– Je veux simplement l'améliorer! arguait Doc. Il ne faut pas avoir peur du progrès, Minerva.

Morgan n'avait qu'une envie : courir vers elles et les interrompre pour demander à Doc ce qui était arrivé au labo informatique. D'ailleurs, Mme Minerva avait peut-être aussi une idée sur la question. Elle était la seule adulte à tout savoir du Roi évocateur, et avait même aidé la petite bande durant ses aventures dans Minecraft. Pour une grande personne, elle était super douée en jeux vidéo.

Mais Morgan savait très bien qu'interrompre des professeurs en plein débat n'était jamais une

bonne idée, quel que
soit le sujet de leur
désaccord.

— Tu as déjà transformé
le collège en paradis high-tech,
poursuivit Mme Minerva. Les casiers ont des
serrures biométriques, les lumières sont contrô-
lées par sifflement, **et la cafetière donne la météo !**

Elle se massa les tempes avant d'ajouter :

— Et ne fait même pas du bon café…

— Toutes ces innovations sont formidables !
se défendit Doc. **Je ne m'excuserai pas d'avoir fait de l'Épée de Bois le collège le plus avancé de la région du point de vue technologique.** Et je ne m'excuserai pas
non plus pour la cafetière ! De toute façon, le

café, c'est mauvais, et tu en bois trop. Combien en as-tu bu aujourd'hui ?

Elle se pencha vers son amie et renifla.

– Cinq au moins, d'après ton haleine !

Mme Minerva retint un cri.

– **Comment oses-tu ?!**

Theo gloussa :

– Un vrai sketch, ces deux-là ! J'aurais dû apporter du pop-corn.

Morgan, lui, ne trouvait pas cela drôle du tout. Au contraire, voir ses professeures se disputer le rendait anxieux.

Une voix s'éleva dans son dos :

– Vous avez oublié de vous enregistrer.

Le garçon se retourna et vit un jeune homme, muni d'un registre. C'était un adulte, mais visiblement beaucoup plus jeune que Doc et Mme Minerva. Il portait des baskets colorées, assorties à sa cravate.

L'espace d'un instant, Morgan crut qu'il avait fait une bêtise. Mais l'homme lui tendit le registre en souriant.

– Vous êtes des élèves de l'Épée de Bois, n'est-ce pas ? Signez ici, et vous pourrez circuler librement dans la bibliothèque.

— Merci, répondit le garçon en inscrivant son nom. **Je ne suis jamais venu ici sans mes parents.**

— Et on n'est pas venus depuis l'année dernière ! précisa Jodi. On va plutôt au CDI du collège.

Le jeune homme écarquilla les yeux.

— Alors il faut que je vous fasse visiter ! Beaucoup de choses ont changé depuis l'an dernier.

Il reprit le registre quand ils eurent tous signé et l'agita.

— Même ça, nous allons le changer. Un registre imprimé pour une salle d'informatique, ça paraît un peu vieillot, non ? J'ai bon espoir que Doc nous aide à moderniser cela.

– Doc travaille ici ? demanda Harper.

– Pas officiellement, mais elle nous aide à mettre à jour notre matériel.

Morgan jeta un coup d'œil à Doc dans le hall d'entrée. Elle faisait face à Mme Minerva, et toutes deux gesticulaient dans tous les sens.

– Il faudrait qu'elles parlent moins fort, constata le jeune homme. Mais je ne suis pas ce genre de bibliothécaire…

Il sourit et reprit :

– **Je suis M. Malory,** le nouveau spécialiste médias. Je vous fais visiter ?

M. Malory leur fit faire un tour rapide des lieux. Morgan pensait savoir à quoi s'attendre : des rayonnages de livres, par centaines. Mais il découvrit aussi des vinyles, des DVD et même des jeux vidéo !

Harper s'élança vers un appareil électronique.

– C'est une imprimante 3D ?

– Oui, confirma M. Malory. Vous pourrez l'utiliser pour certains de vos cours de technologie, cette année. Et regardez-moi ceci…

À travers une grande fenêtre, il désigna une pièce où un adolescent avec un casque de réalité virtuelle utilisait un ordinateur muni d'un volant.

— C'est la nouvelle salle d'entraînement à la conduite. Nous n'avons qu'un appareil pour le moment, mais j'espère en recevoir d'autres bientôt.

Po poussa un cri d'excitation.

— On peut apprendre à conduire grâce à la réalité virtuelle? Dites-moi où on signe, je m'inscris tout de suite!

M. Malory gloussa.

— Désolé, tu es trop jeune pour le moment. Cette pièce est réservée aux adolescents.

Jodi sourit.

— Quand on sera ados, je parie que les manuels de conduite seront diffusés directement dans notre cerveau!

— Tu n'as pas tort, remarqua M. Malory. la technologie évolue très vite. Et les professionnels comme moi devons nous tenir à jour.

— Comme c'est bien dit! lança une voix familière.

Doc s'approchait du petit groupe, un large sourire aux lèvres.

— M. Malory et moi allons faire entrer l'Épée de Pierre dans le XXIe siècle!

— **L'Épée de Pierre est très bien telle qu'elle est,** protesta Mme Minerva, qui la talonnait. Et il n'y a pas suffisamment de place pour faire tous les changements que tu imagines.

— Il y en aura largement assez si nous numérisons plus de livres, répliqua Doc, en agitant une tablette numérique sous le nez de sa collègue. **Sur ce minuscule appareil, je peux stocker l'équivalent d'une bibliothèque entière.** Il n'y a aucune raison pour que les murs soient occupés par des rangées d'étagères !

— Au contraire, il n'existe *que* de bonnes raisons de laisser la place aux livres ! protesta Mme Minerva. Qui plus est dans une bibliothèque !

Elle ferma les yeux et prit une grande inspiration.

— Pour commencer, une bibliothèque doit sentir les livres. J'aime leur odeur ! Pas vous ?

Doc renifla l'air à son tour… et éternua aussitôt dans sa manche.

— Je suis allergique à la poussière, expliqua-t-elle.

M. Malory intervint :

— Ne vous inquiétez pas, Mme Minerva.
Personne ne touchera aux livres.

La professeure hocha la tête.

— Merci, c'est tout ce qui m'importe. Je sais que je peux te faire confiance.

Elle pivota vers les enfants et poursuivit :

— Il y a quelques années, M. Malory a été mon élève. Je savais déjà à l'époque qu'il deviendrait bibliothécaire.

Le jeune homme s'éclaircit la voix.

— Hum… pour être plus précis, je suis spécialiste médias.

Mme Minerva adressa un sourire aux enfants.

— Personnellement, j'ai toujours préféré le terme de « bibliothécaire ».

Morgan lui sourit en retour. Quand Mme Minerva jouait à Minecraft, elle choisissait un avatar de villageois modifié et se faisait appeler « la bibliothécaire ».

— Ce qui me fait penser… Je crois savoir ce que mes élèves sont venus chercher ici, reprit Mme Minerva.

Et elle sortit un casque de réalité virtuelle de son sac.

Une onde de soulagement traversa Morgan. **Car ce casque était tout sauf un modèle standard.** Doc y avait apporté des améliorations très pointues.

Il n'en existait que cinq autres dans le monde.

— Je suis tellement rassuré de le voir! annonça Morgan en saisissant l'objet.

— J'avais presque oublié! s'exclama Jodi. **Mais qu'est-il arrivé au labo informatique?**

Mme Minerva leva un sourcil et jeta un coup d'œil à Doc.

— Oui, Doc, renchérit-elle. Que s'est-il passé exactement ?

– Eh bien… En effet, techniquement, j'ai fait une erreur, admit Doc. J'ai oublié de remettre le couvercle du terrarium avant le week-end.

– Mais bien sûr ! fit Po en se tapotant le menton, l'air incrédule. Le terrarium. Tout est très clair, maintenant.

Il se pencha vers Harper et demanda :

– C'est quoi, au juste, un terrarium ?

– Comme un aquarium, mais sans eau.

– Tout à fait, confirma Doc. Et ce terrarium-là était rempli de chenilles. Qui se sont sauvées et éparpillées un peu partout.

– Doc ne voulait pas les déranger, surtout une fois qu'elles ont eu commencé à tisser leur cocon, poursuivit M. Malory. Alors elle m'a demandé si elle pouvait apporter les ordinateurs ici. Maintenant, l'Épée de Bois a sa propre réserve de papillons, et l'Épée de Pierre accueillera certains cours de Doc, ainsi que des activités extrascolaires.

– J'espère que vous savez dans quoi vous vous embarquez… soupira Mme Minerva. Doc est un génie, mais où qu'elle aille, elle sème le chaos.

— Ce n'est pas gentil ! se défendit sa collègue. Tu ne devrais pas dire des choses pareilles !

— **C'est la vérité.** Tu n'as donc pas entendu, ce matin, quand l'intelligence artificielle qui lit le bulletin d'informations du collège a donné des conseils pour fabriquer des boulettes de papier encore plus grosses et encore plus humides en utilisant de la salive ?

— Les jeunes adorent ce genre d'information ! argua Doc.

— Cette discussion ne mène à rien, la coupa Mme Minerva.

Elle tendit le sac de casques à Morgan et quitta la pièce, en furie.

— Il me faut une tasse de café… Du *vrai* café !

— Mais nous n'avons pas fini notre… échange ! protesta sa collègue, en s'élançant à sa suite.

M. Malory poussa un soupir.

— J'aurais peut-être dû leur demander de se taire, finalement, déclara-t-il avec un petit sourire.

— **Elles débattent souvent,** admit Jodi. Mais, cette fois, leur échange était particulièrement tendu.

Morgan serra son casque contre lui.

– M. Malory, avons-nous le droit d'utiliser les ordinateurs du labo informatique de l'Épée de Bois ?

– Bien sûr, répondit le jeune homme. Doc a tout installé. Ils sont prêts à l'usage.

Morgan soupira de soulagement. **Il avait parfois l'impression que tout, autour de lui, changeait si vite qu'il n'y comprenait plus rien.**

Heureusement, il existait un endroit où il pouvait se rendre avec ses amis, et où tout était clair et cohérent : **Minecraft!**

Chapitre 3

CE MOMENT OÙ UN SUPER PLAN TOURNE AU SUPER VINAIGRE...

Jodi eut un frisson d'excitation quand elle ouvrit les yeux et qu'elle vit la surface de Minecraft se déployer devant elle en 3D : un univers en tous points semblable au monde réel, un monde à la fois virtuel et tangible.

Toutefois, elle ne put s'empêcher de ressentir une certaine déception. Aux alentours, elle ne distinguait que des collines verdoyantes, des arbres cubiques, des fleurs caressées par la brise, un grand soleil carré… mais aucun signe de Ash.

Ash Kapoor était un membre essentiel de leur bande. En plus d'être scoute, elle avait l'âme d'une cheffe d'équipe, ainsi qu'une impressionnante capacité d'écoute. Tout avait changé pour le petit groupe depuis que la fillette avait déménagé.

Ash leur avait régulièrement donné des nouvelles, bien sûr. Elle avait même embarqué dans ses cartons le sixième casque de réalité virtuelle, afin de pouvoir les retrouver dans le jeu. Mais ces rencontres n'avaient pas été si simples à organiser. Ash était très occupée par son installation, et son emploi du temps scolaire ne correspondait plus à celui de ses amis.

Elle manquait beaucoup à Jodi.

– C'est quoi, cette chose, là-bas? demanda soudain Harper. Un chameau?

– Tu as besoin de faire un tour chez l'ophtalmo! la taquina Po. Je ne suis pas un chameau mais un papillon.

Po adorait changer de skin*.

Aujourd'hui, en l'honneur des cocons du labo informatique, il avait choisi un nouvel avatar de papillon.

– Pas toi! répliqua Harper. Là-haut, sur la colline. Regardez!

Jodi se retourna et aperçut une énorme sculpture en forme d'animal. **De la bouche de la statue s'écoulait une petite cascade, qui formait un ruisseau dans l'herbe.** Pour Jodi, aucun doute : cette œuvre était signée Ash.

— **C'EST UN LAMA!** Un lama cracheur.

«Cracheur»? Je dirais plutôt «baveur»… marmonna Po.

— N'empêche qu'il est chouette! renchérit Morgan. Et je sais qui l'a fabriqué.

Il pivota vers sa sœur et ajouta :

— C'est la façon qu'a trouvée Ash de te faire coucou, Jodi. Elle sait que tu adores les lamas!

Le cœur de la fillette se gonfla de joie. Quel cadeau extraordinaire!

Theo, lui, était si concentré sur le Roi évocateur qu'il ne jeta pas un seul coup d'œil à la sculpture.

— Je n'arrive pas à le croire… murmura-t-il d'un ton grave. Le roi est toujours statufié.

Jodi suivit son regard. Theo avait raison. Le roi n'avait pas changé depuis le jour où il avait

été transformé en statue. Personne ne comprenait ce qui lui était arrivé, ni pourquoi.

— **IL VA BIEN FINIR PAR REPRENDRE SON APPARENCE NORMALE,** dit Po. Non ?

Harper haussa ses épaules cubiques.

— Impossible à savoir, on manque de données.

— Quoi qu'il en soit, il faut qu'on progresse, déclara Morgan. Ça fait déjà trop longtemps qu'on revient sans arrêt au même endroit, dans l'espoir que le roi soit déstatufié.

Cela faisait un moment qu'ils choisissaient toujours le même point d'apparition, de peur d'abandonner le Roi évocateur. Ils s'étaient amusés, bien sûr. Po, par exemple, avait testé différents skins. Jodi, quant à elle, s'était essayée à de nouvelles sculptures. Harper avait miné des quantités de ressources, et Morgan avait aiguisé ses armes contre des créatures hostiles.

Il faut dire que celles-ci étaient innombrables et apparaissaient à la nuit tombée. L'ennui, c'est que la bande avait presque épuisé les matériaux disponibles dans les cavernes environnantes et qu'il ne restait plus que de la pierre et de la terre.

— Il est temps de nous aventurer ailleurs, lança Harper. Sinon, on ne pourra plus se procurer de ressources.

Jodi resta bouche bée.

— **MAIS ON NE PEUT PAS LAISSER ÉVOC!** finit-elle par s'indigner en désignant leur ami de pierre. Il était tout juste devenu notre ami. Que pensera-t-il s'il se réveille et s'aperçoit qu'on est partis sans lui?

Harper se frotta le menton.

— Et si on l'emportait avec nous?

Po tenta de pousser la statue.

— **IL EST BEAUCOUP TROP LOURD!**

— Bizarre… fit Theo, les paupières plissées. Pourtant, dans Minecraft, les objets n'ont pas de poids. Il ne peut pas être si lourd que ça.

Il tâta la sculpture.

— Je dirais plutôt qu'il est fixé sur place. Il fait partie du décor. Mais il serait peut-être possible de le déplacer…

— ... **AVEC UN OUTIL DE TOUCHER DE SOIE**[*]! s'écria Morgan.

— C'est quoi? demanda Jodi.

— Un enchantement, expliqua son frère, en prenant sa voix de super-geek. Un outil enchanté avec le Toucher de soie permet de **DÉPLACER N'IMPORTE QUEL OBJET SANS LE CASSER.**

Il se tourna vers Harper et Po.

— Qu'en pensez-vous?

— Ça mérite d'être tenté, estima la première.

— Le Roi évocateur doit voler de ses propres ailes! déclama le second, d'un air de tragédien, en agitant ses ailes digitales. Comme moi!

Morgan leva ses yeux cubiques au ciel, mais Jodi pouffa.

C'est Theo qui reprit le premier la parole:

— On va donc fabriquer une hache enchantée grâce au Toucher de soie pour déplacer le Roi évocateur, résuma-t-il. Ensuite, il n'y aura qu'à l'installer dans un wagonnet, poser quelques rails sur le sol et le conduire jusqu'à notre nouvelle base.

— Voilà qui me plaît! s'exclama Jodi. Super plan, Theo!

Un sourire radieux éclaira le visage du garçon.

– Merci.

– Je pense qu'on a tout ce qu'il nous faut pour l'enchantement, déclara Harper.

Elle se précipita dans le petit abri où se trouvaient leurs lits et leurs matériaux, qu'ils avaient baptisé « la Cabane ». À son retour, elle disposa une table d'enchantement dans l'herbe et brandit une pierre bleue scintillante.

– J'étais sûre qu'on trouverait un usage à ce lapis-lazuli, se réjouit-elle.

– Comme il est joli ! commenta Jodi.

– Joli… et très puissant, précisa son amie.

LE LAPIS-LAZULI PROCURE ASSEZ D'ÉNERGIE POUR UN ENCHANTEMENT.

Morgan installa une machine à fondre à côté de la table.

– On a miné beaucoup de fer, ces derniers temps, fit-il remarquer. Si on le faisait fondre pour former des lingots ? Ça nous servira pour le wagonnet et pour construire les rails.

– Je vais chercher le minerai de fer, approuva Po en s'envolant en direction de la Cabane.

– Et on peut utiliser ma pioche, annonça Theo en brandissant l'outil en question. Vas-y, Harper ! Montre-nous ce dont tu es capable.

L'opération ne prit qu'un instant. Harper offrit le lapis-lazuli à la table d'enchantement. **Il y eut un éclair, et la pioche de Theo étincela.**

— C'est moi qui commence, on dirait… comprit ce dernier.

Il s'approcha du Roi évocateur, souleva sa pioche au-dessus de sa tête et frappa de toutes ses forces.

Une fissure se dessina dans la pierre.

— Arrête! s'écria Morgan.

— Il y a quelque chose qui cloche… renchérit Jodi.

Theo recula d'un pas, le regard fixé sur le roi et sur la petite brèche qui venait de se former.

Sous les yeux de tous, la fente se prolongea. Et se mit à luire.

Chapitre 4

CE N'EST PAS ENTRE TES AMIS ET TOI QU'IL FAUT CONSTRUIRE DES MURS, MAIS AUTOUR DES CRÉATURES HOSTILES !

Po sortit de la Cabane au moment où le Roi évocateur se fissurait.

D'habitude, le garçon prenait les choses avec humour. **Même quand les parties de Minecraft devenaient inquiétantes, il parvenait à se rappeler que tout cela n'était qu'un jeu.**

Mais ce qu'il voyait à présent n'avait absolument rien de drôle. **Et si leur ami était réduit en poussière, là, sous leurs yeux ?** S'il était purement et simplement… anéanti ?

Brisé ?

Détruit ?

Il fallait agir !

Po traversa la pelouse à toute vitesse et entoura le Roi évocateur de ses deux bras. Peut-être qu'en la serrant suffisamment fort, la statue resterait en un seul morceau ?

Ou pas…

Il y eut un puissant éclair et un fracas. Po recula d'un bond en agitant ses ailes et percuta ses amis de plein fouet. Tous s'écroulèrent.

Quand Po releva la tête, le paysage était obscurci par des volutes de fumée et envahi de petites choses colorées qui semblaient virevolter… **Des papillons ?**

« Il n'y a pas de papillons dans Minecraft, normalement, songea Po, pourtant certain d'en voir tourbillonner dans le brouillard. Est-ce que j'aurais une hallucination ? »

Il se concentra pour mieux voir. Une autre forme se déplaçait au milieu de la fumée. Et celle-là était bien plus grosse qu'un papillon…

— **ÉVOC ?** C'est toi ?

Pour toute réponse, un grognement sourd.

— Ce n'est certainement pas lui qui a fait ce bruit, estima Morgan.

Po ne distinguait toujours pas grand-chose. À quoi correspondait donc cette forme qui avançait vers lui ? **Une aile ? Un énorme poing de pierre ? Un groin ?**

« Quelque chose ne tourne vraiment, vraiment, pas rond… » pensa-t-il.

Il entreprit de disposer une rangée de blocs sur le sol. Pierre, terre, brique… tout ce qu'il trouvait dans son inventaire.

— CONSTRUISONS UN MUR ! Tout de suite ! ordonna-t-il.

Harper passa aussitôt à l'action.

La bande ne s'arrêta qu'une fois un solide muret érigé entre eux et… ces choses.

— Qu'est-ce que vous avez vu ? demanda Morgan à ses amis.

Mais Po lui fit signe de se taire.

Tous patientèrent ainsi pendant une longue minute.

Des grognements se mêlaient à des rugissements, entrecoupés de reniflements. **Puis les enfants perçurent des battements d'ailes et des pas traînants.**

Enfin, le vacarme sembla s'éloigner, et ce fut le silence. Po attendit encore une minute avant de jeter un coup d'œil par-dessus le muret.

Il ne vit rien. Rien qu'un cratère à l'endroit où se trouvait auparavant le Roi évocateur.

– C'était quoi, tout ce boucan ? s'écria Jodi, émergeant à son tour.

– Aucune idée… répliqua Harper. JE NE ME SUIS PAS TROMPÉE D'ENCHANTEMENT, J'EN SUIS CERTAINE.

– Mieux vaut que quelqu'un d'autre tienne ce machin, murmura Theo en posant la pioche luisante. Je ne me sens pas bien…

– Je ne comprends pas ce qui s'est passé, reprit Po en regardant ses amis. Le Roi évocateur vient-il d'exploser ? Est-ce qu'il s'est volatilisé ? Pour toujours ?

– Pas sûr, répondit Jodi. REGARDEZ… DES TRACES DE PAS !

En effet, une ligne de petits carrés partait du cratère et se prolongeait en direction de la forêt. On aurait dit de petites empreintes cubiques.

Morgan prit un air soucieux.

– Depuis quand y a-t-il des traces de pas dans Minecraft ?

— Voilà au moins une chose que je peux expliquer, dit Theo en adressant un regard coupable à son ami. C'est un mod.

— **DOC A FAIT UN MOD D'EMPREINTES DE PAS ?** s'étonna Po. Pourquoi ne l'a-t-on pas remarqué plus tôt ?

— Ce n'est pas un mod de Doc, répondit Theo. **C'EST L'UN DES MIENS.**

Morgan le toisa.

— Je croyais t'avoir demandé de ne pas en faire de nouveaux.

— J'avais déjà créé celui-ci avant notre conversation, s'empressa de préciser Theo. Mais c'est un mod inoffensif. Et utile !

Il sourit avant d'ajouter :

— Je l'ai fait pour Ash. Si on quitte la Cabane sans elle, elle pourra facilement nous retrouver.

— D'accord, mais d'autres aussi pourront nous suivre, objecta Morgan. Imagine que ton mod permette à une créature hostile de nous rejoindre ?

Le sourire de Theo s'évanouit.

— Je ne pense pas que ça arrivera...

— *Tu ne penses pas*, c'est bien ça, le problème. Tu n'en es pas certain. Tu as fait quelque chose de très imprudent !

— Morgan ! intervint Jodi. Ne sois pas méchant.

— Ce n'est pas de la méchanceté. Contrairement à Theo, j'ai l'esprit d'équipe, moi. Quand on fait partie d'un groupe, on lui soumet nos initiatives avant d'agir.

Il se tourna vers Theo.

— COMPRIS ? TU NE PEUX PAS FAIRE CE QUE TU VEUX DANS TON COIN. ON EST TOUS CONCERNÉS.

Theo aurait voulu se cacher dans un trou de souris. Son corps cubique était recroquevillé sur lui-même.

— Désolé, dit-il. Je serai plus prudent.

Morgan choisit de se contenter de cette réponse, et ils passèrent à autre chose.

Mais une question tournait dans la tête de Po. Theo avait dit : « C'est l'un des miens. »

L'un des siens ?

Cela signifiait-il qu'il en avait installé d'autres ?

Le jeu allait-il donc devenir encore plus étrange ?!

Chapitre 5

TOUT EST SOUS CONTRÔLE! ENFIN... PRESQUE.

Harper guida la troupe à travers la forêt en suivant les traces de pas.

— Roi évocateur! criait Jodi, sur ses talons. **TU ES LÀ?**

— Quel nom, quand même... commenta Po. Quand on le retrouvera, suggérons-lui de prendre un surnom. Pourquoi pas « Bob » ?

— D'après moi, on ne devrait pas l'appeler du tout, pour le moment, affirma Morgan. Il fait très sombre sous ces arbres, et une créature dangereuse pourrait bien surgir.

— Si ça se trouve, c'est nous qui sommes sur les traces d'une créature dangereuse, fit observer Harper. **MÊME SI CES EMPREINTES SONT BIEN CELLES DU ROI ET S'IL A SURVÉCU À CE QUI S'EST PASSÉ, POURQUOI A-T-IL DÉCIDÉ DE VENIR ICI?** Pourquoi nous évite-t-il?

– Oui, c'est étrange… admit Theo, tout en sortant une potion jetable* de son inventaire. Alors tenons-nous prêts, au cas où.

Harper espérait retrouver le Roi évocateur. **Leur ami était une intelligence artificielle capable de ressentir des émotions.** Il aimait Minecraft autant que le petit groupe. Harper n'arrivait même pas à imaginer tout ce qu'il pourrait leur apprendre… si on lui en donnait l'occasion.

Tout en avançant, elle remarqua des choses étranges : là, il manquait un bloc de bois dans un tronc d'arbre ; un peu plus loin, il en manquait un autre dans l'herbe. D'après les empreintes, c'était la créature qu'ils suivaient qui les avait déplacés.

Au fil du chemin, elle aperçut d'autres indices : **un bloc de terre avait été retiré du sol,** et un bloc d'épicéa était collé sur un chêne. Le plus bizarre, c'est que ces mouvements de blocs semblaient n'avoir aucun lien entre eux.

Les questions tourbillonnaient dans la tête de Harper quand elle aperçut un papillon virevoltant au milieu des branches. Il lui

fallut quelques secondes pour se souvenir qu'**il n'y avait pas de papillons dans Minecraft.**

Elle releva les yeux : l'insecte avait disparu.

« Po a peut-être raison, après tout. Je ferais mieux de changer de lunettes. »

La petite bande atteignit une clairière. Le soleil, à présent masqué par les nuages, diffusait une lumière tamisée. Harper parvint toutefois à distinguer une silhouette, de l'autre côté de la clairière. **C'était une grande forme cubique, affairée à empiler des blocs.**

— C'est lui… souffla Jodi.

— On dirait bien, confirma Harper.

Une vague d'espoir la parcourut.

— **ROI ÉVOCATEUR !** appela-t-elle. Wouhou ! Par ici !

La silhouette se figea, puis se tourna vers eux.

— Ce n'est pas le Roi évocateur, comprit Morgan. C'est un Enderman*. Harper, détourne les yeux !

Trop tard. L'Enderman avait croisé le regard de la fillette.

Or, les Endermen détestaient qu'on les observe.

La créature émit un hurlement rauque et terrifiant. Harper risqua un nouveau coup d'œil… mais l'Enderman avait disparu.

— **IL S'EST TÉLÉPORTÉ,** murmura-t-elle.

À peine eut-elle prononcé ces mots que la créature réapparut au centre de leur groupe. Il agita son long bras et bouscula Harper, qui tomba à la renverse. Puis il s'attaqua aux autres, avec les mêmes grands gestes. Jodi et Morgan furent les premiers touchés.

— **OH QUE NON!** se fâcha Po en préparant son épée.

Dans d'autres circonstances, la vision d'un papillon armé aurait beaucoup amusé Harper. Mais, en l'occurrence, l'offensive de Po s'avéra inutile, car l'Enderman se téléporta et la lame ne fendit que l'air.

— **C'EST QU'IL EST RAPIDE!** observa le garçon.

— Étonnamment rapide, même… constata Morgan.

L'Enderman réapparut derrière lui et frappa un grand coup, avant de disparaître de nouveau.

— Aïe! cria Morgan en regardant frénétiquement autour de lui. Je ne vais pas pouvoir encaisser beaucoup de chocs comme celui-là.

— Vite, regroupons-nous! ordonna Harper. Collons-nous dos à dos pour qu'il ne puisse pas se glisser derrière nous.

— Non, on doit l'attaquer! protesta Theo. J'AI DÉJÀ COMBATTU DES TAS D'ENDERMEN.

Po et Morgan rejoignirent Harper. Ils brandirent chacun leur arme et se tinrent au garde-à-vous. Affronter des créatures hostiles n'était

pas l'activité préférée de Jodi dans Minecraft mais, en de pareilles circonstances, c'était la seule chose à faire. Elle se dépêcha de former avec les trois autres un cercle défensif.

Theo, lui, resta seul.

– C'est imprudent ! l'avertit Po.

– Theo ! cria Jodi pour attirer son attention.

– Viens ici ! insista Harper.

Le tonnerre gronda au-dessus de leurs têtes. Soudain, l'Enderman réapparut devant Harper. La fillette brandit son arme, et les yeux de la créature s'éclairèrent.

Alors l'épée de Harper disparut.

– Hein ? Que s'est-il passé ? s'écria-t-elle, choquée. Est-ce qu'il vient de… téléporter mon épée ?

– Ne t'inquiète pas, répondit Theo. J'AI L'ENDERMAN DANS MON CHAMP DE VISION.

Il lança sa potion jetable sur la créature hostile, qui s'évapora aussitôt. Le liquide éclaboussa Harper et ses amis.

– Fais un peu attention, Theo! gronda Morgan, qui était de plus en plus mal en point.

Harper se demanda avec inquiétude si les réserves de santé de son ami n'étaient pas trop basses.

– Battons en retraite pour que Morgan ait le temps de récupérer, décida-t-elle.

– VOUS, ALLEZ-Y! répliqua Theo. Moi, je reste pour vous protéger.

– Ne dis pas de bêtises. C'EST TROP DANGEREUX!

De nouveau, le tonnerre gronda, et la pluie se mit à tomber dru. Non loin de là, l'Enderman poussa un hurlement de douleur. Harper se retourna, mais la créature hostile n'était visible nulle part.

– Les Endermen détestent la pluie, expliqua Morgan. À mon avis, il ne reviendra pas. On a

eu un coup de chance. Et juste à temps. Mes cœurs sont au plus bas…

— Bois ceci, conseilla Harper en lui tendant une potion de soin.

— **CETTE BATAILLE A ÉTÉ CATAS-TROPHIQUE,** analysa Po. Ce machin a failli nous mettre une sacrée raclée.

— Tout était sous contrôle! protesta Theo. Ce n'était qu'un Enderman.

Harper n'en était pas convaincue. D'après elle, la situation avait été tout sauf «sous contrôle». **Pire, depuis que Theo avait remplacé Ash dans le groupe, la bande**

d'amis n'arrivait plus à fonctionner en équipe.

Et puis, Harper ne se faisait pas à l'idée que cette créature n'ait été *qu'un* Enderman… Elle avait quelque chose de bizarre. Elle était trop rapide. Trop puissante.

Dans ses yeux, la fillette avait vu briller de la rage, de la haine… et de l'intelligence. Aucun doute, ce regard hanterait ses prochaines nuits.

Chapitre 6

AU MENU DU JOUR : PROFESSEURS ÉNERVÉS, SAVANTS FOUS ET TEE-SHIRTS MOCHES... ON VA BIEN S'AMUSER !

Les yeux rouges hantèrent également le sommeil de Morgan.

Le garçon avait, à l'Épée de Bois, la réputation d'être une véritable encyclopédie de Minecraft, et plus particulièrement du mode Survie. Il connaissait la liste des créatures hostiles domptables, les endroits où dénicher telle ou telle gemme, les différentes stratégies de combat... **Et il savait parfaitement que l'Enderman qu'il venait d'affronter n'était pas un spécimen habituel.**

Le lendemain, sur le chemin du collège, il partagea ses réflexions avec Jodi :

— Les Endermen sont censés avoir les yeux violets. Ceux de notre adversaire étaient rouges.

Et je n'ai jamais entendu parler d'une créature hostile capable de neutraliser un joueur en téléportant son arme. D'ailleurs, on n'a jamais retrouvé l'épée de Harper…

Jodi hochait la tête en marchant. Elle semblait perdue dans ses pensées.

Morgan poursuivit :

– **Il était différent des autres Endermen.** Je dirais plutôt que c'était une sorte de… Endermonster.

– Moi, c'est pour le Roi évocateur que je m'inquiète, déclara Jodi. L'Endermonster l'a-t-il détruit ? Et qu'étaient ces créatures qu'on a aperçues dans la fumée ? Il y en avait plusieurs, non ?

– Tout ça, c'est la faute de Theo… marmonna Morgan.

— Morgan, sois gentil !

— Quoi ? Tu l'as entendu : **il installe des mods quand on a le dos tourné !** Et il faisait n'importe quoi pendant le combat contre l'Endermonster. À croire qu'il n'a jamais entendu parler de l'esprit d'équipe !

Jodi l'observa, les sourcils froncés.

— Il s'en sortirait peut-être mieux si tu lui donnais l'impression de faire partie de l'équipe.

— Parce que c'est ma faute, maintenant ? Tu ne peux pas me reprocher ses erreurs !

Sa sœur secoua la tête.

— Je ne te reproche rien. Je te fais seulement remarquer que tu n'es pas très accueillant avec les nouveaux. Souviens-toi avec Ash. Au début, tu ne voulais jamais qu'elle se joigne à nous. Mais quand tu as commencé à te montrer plus ouvert, elle est devenue l'une de tes meilleures amies.

– C'est justement le problème : **Theo est très différent de Ash.**

– Promets-moi juste de faire un effort. Sois un peu plus aimable. S'il te plaît !

Morgan croisa les bras et répondit :

– Bon, d'accord. Je vais essayer.

Morgan savait qu'il n'aurait pas le temps de parler à Theo avant le déjeuner. Tout ce qu'il souhaitait, c'était passer une matinée calme et paisible.

Toutefois, ce projet fut battu en brèche dès la première heure de la journée.

– **Interrogation surprise !** annonça Mme Minerva. Vous êtes prêts ?

Les élèves échangèrent des regards surpris. Morgan leva la main.

– Euh… Mme Minerva ? On est en étude, je vous rappelle. D'habitude, il n'y a pas de contrôles, ni de notes…

Mme Minerva remonta ses lunettes. **Morgan remarqua ses verres sales et ses cheveux en désordre.**

– Ah… Euh… Oui… admit-elle. Pardon. Tu as raison, Mulligan.

Mulligan ? Morgan était vraiment inquiet.

– Je… je m'appelle…

Il fut interrompu par un grésillement en provenance des haut-parleurs.

– *Ceci est le bulletin d'information du collège de l'Épée de Bois,* annonça **une voix, différente de la voix robotique de l'intelligence artificielle** qui s'adressait à eux tous les matins.

Ce timbre-là paraissait humain, mais modifié. Comme si la personne qui se tenait derrière le micro ne voulait pas être reconnue.

– *La merveilleuse machine-à-café-station-météo de la salle des professeurs est hors service. Aucune réparation ne sera effectuée tant qu'une certaine personne ne se sera pas excusée de l'avoir injuriée.*

Morgan pivota vers Jodi.

– **C'est… Doc ?** souffla-t-il.

– *Fin du bulletin,* conclut la voix. *Bonne journée à tous !*

Morgan se retourna pour regarder Mme Minerva. Elle était pâle, l'air épuisé. Était-ce le manque de café qui la plongeait dans cet état ?

– Je vais très bien ! assura la professeure.

Elle fouilla dans une boîte sous son bureau et en sortit une brique de jus de fruits. Elle déchiffra la liste des ingrédients, les paupières plissées.

– **Eau, kiwi et extrait d'ananas...** **D'ananas? Bizarre... Concentré de monodextrotruc...** Mais enfin, pourquoi n'en font-ils pas à base de café?

– Il faut absolument que Doc et elle se réconcilient, souffla Jodi à l'oreille de son frère.

Ce dernier acquiesça. Il passa le reste de l'heure d'étude à espérer que Mme Minerva présente au plus vite ses excuses à Doc.

En vain.

À la cantine, Doc s'arrêta devant leur table.

– **Coucou, les Minecrafters!** dit-elle. J'ai un service à vous demander.

Harper se redressa, comme toujours quand elle avait l'occasion d'échanger avec sa professeure adorée.

– Bien sûr! répondit-elle. S'agit-il d'une mission scientifique?

Doc gloussa.

– Tu me connais bien! Effectivement, j'ai besoin que quelques élèves aillent prendre des mesures dans la réserve de papillons après les cours.

Po eut l'air déçu.

– Mince… Je ne peux pas. J'ai une répétition de théâtre.

– Ce qui veut aussi dire qu'on ne jouera pas à Minecraft, ce soir, fit remarquer Morgan.

– Pourquoi? s'enquit Theo. On peut faire une partie sans Po, non?

Ce dernier poussa son fameux cri de tragédien.

– Comment oses-tu? s'offusqua-t-il.

– C'est une règle, expliqua Jodi. Si l'un de nous a un empêchement, on annule.

– Vous avez tellement de règles! répondit Theo en riant. Vous feriez bien de les noter.

Il gloussa en prononçant ces paroles. Mais cette remarque ne plut pas à Morgan; il avait l'impression que Theo leur reprochait d'être autoritaires.

– Quoi qu'il en soit, reprit Harper, **je me porte volontaire pour les mesures.**

– Ouaip! abonda Jodi. Morgan et moi aussi!

– Merci beaucoup, répondit Doc. Si j'avais pu, je m'en serais occupée moi-même, mais Mme Minerva refuse de me conduire en voiture à mon match de badminton, et je vais devoir m'y rendre à vélo. Le timing sera donc très serré.

– Voilà qui risque d'être stressant... commenta Jodi.

– De toute façon, je n'avais pas envie de monter dans sa voiture aujourd'hui, déclara Doc. Pas après l'avoir remplie de scarabées !

Les enfants la regardèrent avec de grands yeux consternés.

– Ah, ah ! Je plaisante, bien sûr, assura la professeure en toussant, un peu gênée. Allez, à tout à l'heure en cours !

Elle s'éloigna d'un pas rapide.

– Jusqu'ici, je blaguais quand je la traitais de savante folle, intervint Po. **Mais maintenant, je commence à avoir des doutes.**

– Il faut absolument qu'elle et Mme Minerva se réconcilient, implora Jodi.

Morgan voyait bien que sa sœur avait le cerveau en ébullition. Elle détestait les disputes.

Theo tapota sur la table pour attirer leur attention.

— J'ai une surprise pour vous, annonça-t-il. Je pensais faire la distribution à la bibliothèque, mais vu qu'on ne jouera pas à Minecraft ce soir, autant vous les donner tout de suite.

— Une surprise ? répéta Morgan. **J'espère que ce n'est pas une potion jetable.**

Jodi lui donna un coup de coude.

— Je suis désolé pour hier, dit Theo. J'ai veillé tard pour fabriquer ceci.

D'une boîte en carton cabossée, il sortit un tee-shirt vert portant l'inscription suivante en lettres cubiques : **LES ZABLOCS!**

— Il y en a un pour chacun d'entre nous, ajouta-t-il en faisant la distribution.

— Drôle de couleur, commenta Po. **Nuance... crotte de nez.**

— Pourquoi y a-t-il un « Z » devant le « A » ? demanda Harper.

— C'est quoi, les Zablocs ? questionna Jodi.

— C'est nous ! s'écria Theo. Je me suis dit qu'on avait besoin d'un nom d'équipe. **Alors pourquoi pas les Zablocs ?**

— C'est super ! le remercia Jodi, avant de donner un nouveau coup de coude à son frère. Pas vrai ?

Morgan tint le vêtement à bout de bras. Il savait que Theo voulait faire un geste gentil, mais il détestait ce tee-shirt. Vraiment !

— **C'est sympa, mon pote,** dit Po.

— Je le porterai à la première occasion ! assura Harper.

— Et moi, je m'achèterai du vernis à ongles assorti, renchérit Jodi.

Morgan se rendit compte qu'il n'avait rien dit depuis un moment. Tout le monde l'observait.

— **C'est… cool,** dit-il enfin. **Merci.**

Mais il n'avait pas l'air convaincu. Et Theo s'en rendit compte aussitôt.

À cet instant, la cloche sonna. C'était la fin de la pause déjeuner. Tout le monde commença à ranger ses affaires.

— Sauvés par le gong, marmonna Morgan.

Jodi le fusilla du regard.

« Que suis-je censé faire, au juste ? pensa-t-il. Ce n'est pas que je tienne à être désagréable, mais il faut bien le reconnaître : Theo fait tout pour que je le déteste ! »

Chapitre 7

« MÉTAMORPHOSE » : UN MOT COMPLIQUÉ POUR DIRE « CHANGEMENT ». NE RESTE PLUS QU'À ESPÉRER QUE TOUT SE PASSE BIEN...

Après les cours, Jodi se rendit à la réserve de papillons, autrefois connue sous le nom de « laboratoire informatique ».

Quand elle ouvrit la porte, elle eut l'agréable surprise d'y trouver une petite silhouette bien connue.

– **Frimousse !** s'écria-t-elle. Que fais-tu ici ?

En guise de bonjour, le hamster couina. Quelqu'un l'avait installé dans une balle en plastique spéciale pour rongeurs, et il roula gaiement jusqu'aux pieds de la fillette.

Au même instant, Harper surgit de derrière un figuier.

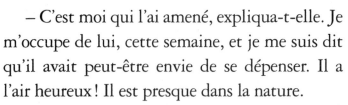

— C'est moi qui l'ai amené, expliqua-t-elle. Je m'occupe de lui, cette semaine, et je me suis dit qu'il avait peut-être envie de se dépenser. Il a l'air heureux! Il est presque dans la nature.

— D'ailleurs, il y a un problème avec la climatisation, non? demanda Morgan. C'est une étuve, ici! **On se croirait dans la jungle.**

— C'est fait exprès. Jusqu'à présent, Doc conservait toutes les chenilles dans un terrarium pour contrôler la température et le niveau d'humidité de leur environnement. Mais maintenant qu'elles se sont échappées…

— **… la pièce tout entière est devenue un terrarium!** compléta Morgan. Je comprends mieux!

— Notre mission consiste simplement à prendre des mesures, rappela Harper. On les communiquera ensuite à Doc, qui saura ainsi si elle doit apporter d'autres plantes, ajuster le thermostat ou faire quoi que ce soit d'autre pour que le climat dans cette pièce soit le plus favorable possible.

— Je me demande s'ils se plaisent ici… murmura Morgan en s'approchant d'un cocon pour l'observer de plus près.

— J'en suis certaine, répondit Jodi. Quand ils écloront, ils sauront qu'on s'est bien occupés d'eux. Comme notre cher Frimousse !

Elle reposa le hamster sur le sol, et le petit animal reprit sa course joyeuse à l'intérieur de sa sphère.

— C'est quand même incroyable… confia Morgan. **Il y a moins d'une semaine, ces cocons étaient des chenilles.** Et ils vont se transformer en papillons !

— Exact, confirma Harper. Ils sont en pleine métamorphose. Plus rien ne sera comme avant.

Jodi donna une tape affectueuse sur le dos de son frère.

— Rien n'est jamais comme avant, fit-elle observer. **Tout change sans arrêt.**

Elle jeta un coup d'œil par-dessus son épaule, avant d'ajouter :

– Dommage qu'il ne me pousse pas des ailes dans le dos… Voilà une transformation qui me plairait !

À cet instant, **une sonnerie retentit dans le sac à dos de Harper.**

– C'est mon téléphone.

Elle sortit de la petite poche un portable qu'elle avait bricolé, quelque temps auparavant, avec l'aide de Doc, ce qui avait donné un résultat pour le moins étrange.

– C'est un appel en visio, constata-t-elle avec un grand sourire. De notre amie…

– … **Ash !** s'écria Jodi.

Elle se colla à Harper pour mieux voir.

— Comment vas-tu ? Oh ! J'adore ta nouvelle coupe ! Il fait beau, chez toi ?

— Coucou, Jodi ! Tout va bien, merci, mais vous me manquez.

— Nous aussi, tu nous manques, intervint Morgan en se postant de l'autre côté de Harper.

Le hamster poussa un petit cri, et Harper éclata de rire.

— Tu as le bonjour de Frimousse ! À moins qu'il ne réclame son goûter…

— Frimousse, c'est le meilleur animal de compagnie ! répliqua Ash. **Notre animal de classe est un serpent.** Vous vous rendez compte ? Un serpent ! Rien qu'en l'évoquant, j'ai des frissons.

Frimousse approuva d'un couinement.

— Oh, ça va, nuança Jodi en haussant les épaules. Moi, je ne serais pas contre avoir un serpent. Tant qu'il ne dévore pas les petits rongeurs trop mignons ! Il doit bien exister des espèces végétariennes, non ? Je chercherai à la bibliothèque.

— **On fait une partie de Minecraft, ce soir ?** demanda Ash. Finalement, je serai disponible.

– Pas nous, répondit Harper avec déception. On doit aider Doc à mener un projet. Et Po a son cours de théâtre.

– Dommage… Je n'arrête pas de vous louper. Mais on finira bien par y arriver.

– J'espère, renchérit Morgan. Sans toi, ce n'est pas pareil. Et Theo est ultra-énervant.

– **Waouh!** Tu es dur! commenta Ash.

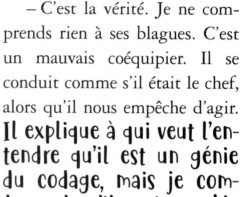

– C'est la vérité. Je ne comprends rien à ses blagues. C'est un mauvais coéquipier. Il se conduit comme s'il était le chef, alors qu'il nous empêche d'agir. **Il explique à qui veut l'entendre qu'il est un génie du codage, mais je commence à me demander s'il serait capable de pirater un sac plastique!**

– Aïe… fit une voix dans son dos.

Le cœur de Jodi se serra. Elle savait qui avait prononcé ce mot.

Tous se retournèrent pour apercevoir Theo dans l'embrasure de la porte. Il tenait un carton de pizza et avait revêtu son tee-shirt «Les Zablocs». Son visage était livide.

— Je… je pensais que… vous auriez envie d'un bout de pizza à l'ananas mais…

Sans finir sa phrase, il pivota sur lui-même et fila dans le couloir.

— Theo, attends ! cria Jodi.

Elle voulut s'élancer à sa suite, mais elle mit plusieurs secondes à atteindre la porte à cause des plantes et du hamster dans sa balle. Le temps qu'elle accède au couloir, **Theo avait disparu.**

Morgan se prit la tête dans les mains.

— J'ai fait une bêtise…

— Aucun doute ! confirma sa sœur, furieuse. C'était déjà embêtant que Mme Minerva et Doc soient fâchées, mais maintenant, il y a aussi vous deux. Je t'avais dit d'être plus gentil !

— Je ne savais pas qu'il était là, se défendit Morgan. Je vais m'excuser.

Il était tout rouge.

« Au moins, il est gêné, pensa Jodi. C'est un début… »

— Eh bien, il s'en passe des choses ! commenta Ash. Vous me racontez ?

Morgan, Jodi et Harper soupirèrent en même temps.

— C'est une longue histoire… déclara cette dernière.

— Aucun problème, j'ai tout mon temps, assura Ash.

Jodi sourit. Ash avait le don de la réconforter. **Avec elle, tous les problèmes paraissaient solubles.**

Et, malgré la distance, leur amitié ne variait pas d'un pouce.

Chapitre 8

OSONS LE DIRE : RIEN N'EST PLUS BIZARRE QU'UNE PIZZA À L'ANANAS !

Theo éprouvait tout un tas d'émotions, qui lui tenaillaient l'estomac. D'abord, il en voulait à Morgan de ses remarques blessantes. Ensuite, il s'inquiétait de savoir si toute la bande partageait son avis. Enfin, pire que tout, il se sentait terriblement coupable.

« Et si Morgan avait raison ? se demandait-il. **Peut-être que mes mods ont abîmé le jeu et détruit le Roi évocateur ?** Dans ce cas, tout est ma faute ! »

Après son départ précipité de l'ancien labo informatique, Theo avait filé à l'Épée de Pierre. Il ne se rendit compte qu'il tenait toujours son carton de pizza qu'une fois devant M. Malory.

– Désolé, Theo, dit ce dernier. Mais il est interdit de manger dans la médiathèque.

– Euh, oui, bien sûr... Vous la voulez ? Je

n'ai plus faim, de toute façon. **C'est une pizza à l'ananas.**

M. Malory grimaça en prenant la boîte.

— Ce n'est pas ma garniture préférée, confia-t-il. Mais je vais la mettre dans la salle de pause. Les lycéens mangent de tout, alors…

Il jeta un coup d'œil vers la porte d'entrée, comme s'il s'attendait à voir arriver d'autres personnes.

— **Où est le reste de la bande?** Je pensais que vous étiez toujours ensemble.

— Parfois, oui… répondit le garçon, un peu gêné. Mais souvent, ils me traitent comme si je ne faisais pas partie du groupe. Je ne comprends pas… Je fais pourtant beaucoup d'efforts pour m'intégrer.

M. Malory hocha la tête.

– J'ai connu ça. *Tout le monde* connaît ça, à un moment ou à un autre. Mais tout faire pour s'intégrer n'est pas forcément la bonne solution. Parce qu'en faisant trop d'efforts, on n'est plus soi-même. Or, tes amis devraient t'aimer pour qui tu es vraiment.

Theo remua la mâchoire en silence, comme s'il mastiquait un caramel mou. Enfin, un sourire se dessina sur son visage.

– Merci, M. Malory, dit-il. Vous m'avez donné une idée... Est-ce que les ordinateurs sont libres ?

– Pour le moment, oui. Mais, bientôt, d'autres élèves sauront que le labo informatique a déménagé ici, et il faudra certainement fixer une limite de temps à chacun...

Le sourire de Theo s'évanouit.

– Vraiment ?

Le jeune homme gloussa.

– Allez, oublie un peu tes soucis et va t'amuser.

– Merci.

Mais Theo n'avait aucune intention d'oublier ses soucis. **Au contraire, il allait les régler.** M. Malory lui avait dit d'être lui-même, **et être lui-même, c'était résoudre des problèmes.**

Même si, pour cela, il fallait enfreindre quelques règles.

C'était loin d'être la première fois que Theo jouait seul à Minecraft… dans sa version classique. Pas dans une partie en réalité virtuelle. Le silence ambiant le mit mal à l'aise.

Et pour cause : **l'Endermonster était forcément dans les parages.**

Justement, Theo s'était fixé pour mission de le trouver.

Il fouilla dans les malles de ressources stockées dans la Cabane. Il en sortit une armure et une épée de diamant, ainsi que des potions de guérison. À présent, il se sentait beaucoup mieux protégé.

« **Mais il faudra que je pense à tout bien remettre à sa place après la partie,** sinon Morgan risque d'être encore plus fâché contre moi », songea-t-il.

Prudemment, il s'enfonça dans la forêt, suivant le parcours de la veille. Dans la clairière,

leurs traces de pas formaient à présent de gros carrés boueux. Theo distingua ceux de l'Endermonster.

Ces traces menaient à une plaine de tournesols, au pied d'une petite montagne. De temps en temps, elles disparaissaient, et Theo devait sonder les environs pour savoir où reprendre son chemin. Il n'y avait qu'une explication à ces écarts : **la créature hostile se téléportait par intermittence.** Elle ne se téléportait jamais très loin ; n'empêche qu'à chaque fois, Theo perdait du temps. Le soir était tombé, et la pénombre régnait à présent sur la surface. À l'aide d'une torche, Theo reprit sa filature.

Il faisait nuit noire quand, enfin, il tomba sur l'Endermonster. **D'abord, il aperçut**

ses yeux effrayants, qui luisaient dans l'obscurité.

Soudain, Theo comprit son erreur : s'il distinguait les yeux de la créature, c'est donc que **celle-ci pouvait le voir aussi!**

Il y eut un hurlement terrifiant, qui glaça Theo. Puis le garçon brandit son épée pour se défendre… Mais celle-ci disparut de ses mains au même instant !

« Il a téléporté mon arme ! comprit-il. Bon, pas de panique… De toute façon, je n'avais pas prévu de lui faire de mal. Je voulais juste le voir de près. »

Ce qui se révéla très simple puisque l'Endermonster venait de se téléporter sous son nez !

**Le garçon recula d'un pas, évitant
un coup de poing de justesse.**

« Garde ton calme… » se répétait-il.

Car Theo avait une idée concernant la véritable identité de l'Endermonster, mais il avait
besoin d'une preuve. Il lui fallait un indice
démontrant que cet Enderman était en réalité…

PAF !

Un nouveau coup s'abattit sur Theo, qui
manqua de tomber à la renverse.

Décidément, cette créature hostile frappait
fort. Heureusement, Theo portait une armure
puissante.

De nouveau, l'Endermonster poussa un hurlement rauque. **Ses yeux rougeoyèrent,** et
le plastron de diamant de Theo… disparut !

« **Il a téléporté mon armure tout
entière !** » s'alarma le garçon.

Cette fois, il était vraiment en danger.

« Je n'aurais pas dû embarquer seul dans
cette mission ! songea-t-il, paniqué. Morgan
avait raison, je suis trop imprudent. »

Il recula à toute vitesse, jusqu'à se trouver acculé contre un arbre. L'Endermonster s'approcha. À présent, il le surplombait. Theo sonda son visage dans l'espoir d'y déceler une étincelle d'intelligence ou d'empathie.

— **PITIÉ...** souffla-t-il.

Il se produisit alors quelque chose d'inattendu. L'Endermonster ouvrit la bouche, comme s'il allait vociférer de plus belle. Pourtant, cette fois-ci, ce furent des mots qu'il prononça.

— **NE ME REGARDE PAS !**

Theo retint un cri. La créature hostile avait la voix... du Roi évocateur !

« C'est bien ce que je pensais : le code du roi n'a pas été détruit... Il a été modifié ! »

Transformé en Endermonster.

Qui, à cet instant, levait les bras pour l'assommer.

C'est alors qu'un flacon traversa les airs et percuta l'Endermonster dans le dos. Ses yeux s'arrondirent. **Puis, une seconde plus tard, il disparut par téléportation.**

Theo comprit que quelqu'un l'avait suivi. Une présence inattendue mais plus que bienvenue.

— **ASH ?**

— Tout va bien, Theo ?

— Maintenant, oui. Tu es arrivée à point nommé. Avec quoi as-tu fait disparaître l'Endermonster ?

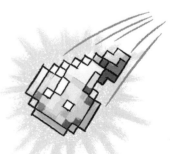

— Avec de l'eau, tout simplement! Morgan et Harper m'ont tout raconté. Je sais que cet Enderman n'est pas comme les autres. Mais, visiblement, il déteste l'eau autant que ses congénères.

— J'aurais dû y penser! s'exclama Theo. **MON ARME À MOI N'A SERVI À RIEN. RÉSULTAT : J'AI PERDU NOTRE SEULE ET UNIQUE ÉPÉE DE DIAMANT.**

— C'est de celle-ci que tu parles? demanda Ash en brandissant l'arme, un sourire aux lèvres. Je l'ai trouvée sous un arbre en te suivant. **JE ME DEMANDAIS D'OÙ ELLE VENAIT.**

— Ouf! Merci, Ash! Au moins, Morgan ne sera *qu'un peu* fâché contre moi…

La fillette pouffa.

– Je suis passée par là, confia-t-elle. Il n'y a pas si longtemps, la nouvelle dans le groupe, c'était moi.

Elle lui tendit l'épée.

– ALLEZ, SAUVONS-NOUS AVANT QUE CE MACHIN NE REVIENNE. Ensuite, tu m'expliqueras ce que tu fais ici tout seul… et je pourrai peut-être te donner des conseils pour te réconcilier avec Morgan.

Un grand sourire se dessina sur le visage de Theo.

– Merci, ce serait génial !

Les deux amis cheminèrent vers la Cabane, toujours aux aguets. Mais ils n'aperçurent nulle part l'armure de diamant. Ni d'yeux rouges parmi les arbres.

« Tant mieux », pensa Theo.

— Il y a une ou deux choses à savoir sur Morgan, expliqua Ash. Il peut être le meilleur et le plus fidèle des amis. **MAIS IL MET UN CERTAIN TEMPS À ACCORDER SA CONFIANCE ET À LAISSER DE NOUVELLES PERSONNES ENTRER DANS SON CERCLE PROCHE.**

— Je m'en suis aperçu, confirma Theo. Il trouve que je suis un mauvais coéquipier.

— **L'ESPRIT D'ÉQUIPE EST UNE COMPÉTENCE QUI S'ACQUIERT,** un peu comme on apprend à jouer du piano. C'est à la portée de tout le monde, mais il faut s'entraîner en permanence pour y arriver. Cela vaut aussi pour Morgan : il aime prendre les choses en mains mais, parfois, il a besoin qu'on lui rappelle qu'il n'est pas le chef de Minecraft.

Elle pouffa avant d'ajouter :

– D'ailleurs, je suis devenue très douée pour lui faire ces rappels !

– Alors, par où je commence ? demanda Theo. Je ne me vois pas débarquer demain au collège et lui lancer : « **EH MORGAN, ARRÊTE DE FAIRE TON CHEF !** »

– En effet, ça n'apporterait rien de bon, admit la fillette. Montre-lui que l'équipe te tient à cœur. Prouve-lui qu'il peut te faire confiance. Pour ça, tu dois être honnête… y compris concernant tes mods.

Theo réfléchit longuement. Ash voyait juste : **il n'avait pas dit la vérité à la bande concernant les modifications qu'il avait apportées au jeu.**

– Et si ça le met encore plus en colère ?

Ash réfléchit.

– Ce sera peut-être le cas, mais cette peur ne doit pas te conduire au mensonge. Pas si tu veux nouer une *vraie* amitié avec Morgan et les autres.

Theo soupira. Dit comme cela, tout paraissait simple. N'empêche qu'il le savait : Ash avait raison.

Ils n'étaient plus qu'à quelques mètres de la

Cabane quand Theo aperçut **une lueur dans
le ciel.** D'abord, il craignit que l'Endermonster les ait retrouvés. Mais c'était autre chose.

— Ash… Tu vois ce que je vois ?

Son amie fronça les yeux.

— Bizarre, dit-elle. Grimpons sur cette colline pour regarder de plus près.

Ils s'avancèrent vers l'étrange apparition.

On aurait dit une tache noire, plus sombre encore que l'obscurité, et dont le contour luisait comme une nappe de pétrole.

C'était un trou. **Une déchirure dans le ciel!**

Theo n'avait jamais rien vu de tel. Ash non plus.

— **UNE INQUIÉTUDE DE PLUS,** conclut le garçon.

— Une chose à la fois. Commence par parler à Morgan et aux autres. Pour le moment, c'est là-dessus que tu dois te concentrer.

— D'accord…

Mais cette discussion à venir – pour ne pas dire cet aveu – paraissait à Theo encore plus terrifiante qu'un bug dans le ciel de Minecraft. Et de loin.

Chapitre 9

QUAND LA MODE DES MODS SE DÉMODE...

Po dégustait un sandwich au beurre de cacahuète, et Morgan une banane, quand Jodi et Harper vinrent leur présenter leur plan pour réconcilier Doc et Mme Minerva.

— On doit faire quelque chose, décréta Jodi. **On ne peut pas rester passifs devant cette amitié qui vole en éclats** pour une stupide histoire de cocons et de cafetière cybernétique !

— Mais que faire ? demanda Po.

— On s'est mises au travail. Hier, après avoir quitté la réserve, je me suis faufilée jusqu'à la voiture de Mme Minerva pour libérer les scarabées. Laissez-moi vous dire que Doc ne plaisantait pas !

— Moi, mes parents m'ont autorisée à venir plus tôt ce matin au collège, ajouta Harper, **et j'en ai profité pour réparer la machine à café.**

— C'est pour ça que Mme Minerva avait l'air d'aller mieux, comprit Morgan. La preuve : elle m'a appelé par mon prénom.

— **Harper, tu es un génie !** s'exclama Po. Comment as-tu réparé la cafetière high-tech ?

— Elle n'était pas cassée, répondit son amie en souriant. Doc s'était contentée de la débrancher ! Et personne n'avait rien remarqué.

— Encore un coup de la savante folle ! plaisanta Po. Pas vrai, Theo ?

Ce dernier resta muet. En fait, il n'avait pas ouvert la bouche de la matinée. **Manifestement, son esprit était ailleurs.**

— Voici la suite de notre plan, reprit Jodi. On va demander aux élèves du studio photographique du collège de nous donner des photos de

Doc et Mme Minerva. *Plein* de photos ! Tout leur stock.

— On les mettra dans un album que l'on scannera, enchaîna Harper. J'en ferai une version digitale et je l'installerai sur la tablette numérique de Doc pendant que vous glisserez le vrai album dans un rayonnage de la bibliothèque… Celui consacré aux vampires, par exemple.

— Très bonne idée ! approuva Po. **Mme Minerva adore ce genre de livres.**

— Il ne restera plus qu'à sortir les violons, poursuivit Jodi, et nos chères professeures se rendront compte que leur amitié est plus forte que tout. Alors, notre mission sera accomplie !

— Génial, comme plan ! se réjouit Po, avant de mordre dans son sandwich.

C'est alors que Theo se décida à parler :

— **J'ai un truc à vous avouer… J'ai fait une bêtise.**

Po voulut demander : « C'est-à-dire ? » mais, avec une pleine bouchée de sandwich, cela donna plutôt : « Chef à frire ? »

Theo expliqua :

— Comme vous le savez, j'ai créé quelques

mods : les empreintes de pas que vous avez vues. Mais ce n'est que la partie émergée de l'iceberg. **J'ai fabriqué des tas d'autres choses.** Et...

Il prit une inspiration avant de lâcher le morceau :

— J'ai bidouillé certains mods de Doc.

— J'en étais sûr ! grommela Morgan.

Tout le monde lui fit signe de se taire.

— **Continue, Theo,** l'encouragea Harper.

— Je ne voulais pas causer de dégâts. Mais la meilleure façon d'apprendre le codage, c'est de trafiquer des codes existants. Je me suis dit que si je parvenais à décrypter ce que Doc avait fait au jeu, si je déchiffrais tous ses mods, alors je comprendrais ce qui était arrivé au Roi évocateur ! Et je pourrais le réparer.

Jodi ouvrit de grands yeux.

— **Est-ce que tes mods... ont détruit le Roi évocateur?**

— Non ! Enfin, peut-être… Je ne sais pas. Mais le roi n'a pas disparu. Il est juste différent.

— Différent comment ? questionna Harper.

— Il n'a pas explosé. Il s'est transformé, expliqua Theo. **Métamorphosé en Ender-monster.**

Po retint un cri et manqua de s'étouffer avec son sandwich.

— Cette créature sinistre était notre ami ? demanda Jodi.

— Pauvre Bob… commenta Po.

— C'est un changement permanent ? l'interrogea Harper. **Ou peut-on le restaurer ?**

— Je… je ne sais pas. Mais je ferai tout mon possible pour réparer mes bêtises.

Morgan, lui, ne dit rien. Theo n'osait pas le regarder.

À cet instant, **les portes de la cantine s'ouvrirent d'un coup,** et Doc entra au pas de course.

— Vite ! hurla-t-elle. **Les cocons sont en train d'éclore. Venez !**

Elle n'attendit même pas la réponse de la petite bande pour repartir en sens inverse.

– **Allons-y !** décida Jodi.

– On n'a pas fini notre conversation, fit remarquer Morgan.

Mais Harper s'était déjà levée.

– On continuera dans la réserve de papillons. C'est parti ! cria-t-elle en tirant Theo par la manche. Pas question que je loupe ça !

Po tremblait d'impatience. **Quelques papillons s'étaient déjà dégagés de leur cocon,** mais la plupart débutaient seulement leur éclosion. Et quelle vision merveilleuse ! Chaque spécimen sortait délicatement de son enveloppe, comme s'il était hésitant ou intimidé. Puis, avec lenteur, il déployait ses ailes et s'essayait à un ou deux battements. Le temps que son instinct lui dicte comment faire, il prenait son envol.

Po s'était imaginé que tous les papillons seraient semblables. Mais, bien au contraire, chacun était d'une couleur différente. **Il y en avait des bleus, des orange, des roses, des verts.**

Un papillon aux ailes d'azur vint se poser sur

son nez. Le garçon ne put retenir un éclat de rire, et l'insecte s'envola.

– **C'est fascinant...** murmura-t-il. Leurs ailes ont poussé à l'intérieur du cocon. Vous vous rendez compte ? Une nouvelle partie de leur corps !

– Et pas seulement leurs ailes, fit observer Harper. Leurs pattes se sont allongées, leurs yeux se sont développés. La métamorphose est un processus complexe. Ces cocons les protègent pendant leur transformation.

Sur ces mots, elle se rembrunit et ajouta :

– C'est étrange, d'ailleurs. **Il y a peu, j'ai cru apercevoir un papillon dans le jeu.** Juste après le craquellement du Roi évocateur.

– Moi aussi ! s'exclama Po. J'en ai vu plusieurs à travers la fumée.

Theo blémit.

– Étrange, en effet... dit-il. Les papillons, c'est l'un de mes mods. Je l'ai créé parce que je savais que Doc aborderait le sujet en cours.

– Tu as donc créé des papillons numériques ? l'interrogea Morgan. Qui sont maintenant en liberté dans le jeu ?

Theo fit non de la tête.

— Impossible. Après avoir testé le mod, je l'ai désinstallé. **Le code du papillon existe, mais il n'est pas activé.**

Le visage de Jodi s'éclaira.

— Comme si on cherchait à nous faire comprendre quelque chose.

— Que veux-tu dire par là ?

— Réfléchis ! D'après Theo, le Roi évocateur a vécu une transformation majeure. **Une métamorphose.** Et, pile au même moment, des papillons apparaissent dans le jeu…

– Tu crois que le Roi évocateur tente de nous dire ce qui lui est arrivé? demanda Po. À l'aide du mod de Theo?

Jodi acquiesça avec enthousiasme.

– Oui! On croyait que notre ami était statufié mais, si ça se trouve, la pierre était en réalité une coque protectrice. Un cocon qui l'abritait durant tous ses changements.

– Ce serait logique, admit Harper. Il n'était pas programmé pour être notre ami; il a *choisi* de le devenir. Il apprenait à gérer des émotions. Son programme était en cours de transformation, et ces changements étaient très rapides. Il s'est peut-être entouré d'un cocon protecteur, le temps que son code se réécrive.

– Mais alors… commença Theo en souriant. Ça voudrait dire que je ne suis pas responsable de sa métamorphose! Car, de toute façon, il allait se transformer!

Harper fronça les sourcils.

– Je n'irais pas jusque-là. À mon avis, il n'était pas en train de se métamorphoser en Endermonster. Je pense que son programme était en conversion… qu'il était vulnérable…

Theo compléta sa phrase, dépité :

— Et en trafiquant le code de Doc, **j'ai créé un monstre.**

La porte s'ouvrit à cet instant. Po ne fut pas étonné de voir entrer Doc. En revanche, il eut la surprise d'apercevoir Mme Minerva derrière elle, tenant Frimousse dans ses bras.

— Tu vois, Minerva ? lança Doc. C'est exactement ce que je t'ai décrit.

— Quelle merveille ! Je ne pensais jamais assister à une chose pareille.

Les professeures — et le hamster — échangèrent un sourire.

Po chuchota à Jodi :

— Elles ne sont plus fâchées, on dirait.

— **Je vais quand même faire l'album photo, au cas où.**

Morgan regarda les deux femmes s'extasier devant chaque papillon. Puis il jeta un coup d'œil à Theo, terrassé par la culpabilité.

Peut-être Morgan fut-il inspiré par la réconciliation de ses professeures. Quoi qu'il en soit, **il posa une main sur l'épaule du garçon et déclara :**

— **Theo, ce n'est pas ta faute.**

Po resta bouche bée.

— Tu voulais nous aider, continua Morgan. Je comprends. Maintenant que tu as été honnête avec nous, **on va trouver un moyen de réparer les dégâts.**

— Vraiment? s'étonna Theo.

— C'est ça, une équipe! intervint Harper en posant une main sur l'autre épaule du garçon. On partage les problèmes et on les résout ensemble.

— Par où commencer? demanda Jodi.

— D'abord, assurons-nous que l'Endermonster ne s'éloigne pas, suggéra Theo. Sinon, on ne le retrouvera jamais.

— Je connais une astuce qui pourrait nous être utile, déclara Morgan. Une technique pour regarder un Enderman sans le mettre en colère. À tous les coups, ça fonctionnera aussi avec l'Endermonster.

— Tant mieux! se réjouit Po. Mais il y a un autre problème : comment capturer une créature capable de se téléporter?

— Justement, j'y ai réfléchi, dit Harper. **On pourrait utiliser son pouvoir pour le capturer, en l'amenant à se téléporter dans un piège!**

– Ça me plaît ! s'écria Po, avec un frisson d'excitation.

Il était temps de montrer à cet Endermonster de quoi ils étaient capables !

Chapitre 10

LA CITROUILLE ? C'EST LA GRANDE TENDANCE DU MOMENT, VOYONS !

Harper avait changé de skin pour les besoins de la chasse à l'Endermonster. Après tout, Po choisissait une nouvelle apparence à chaque aventure, alors pourquoi pas elle ? Le seul ennui, c'est que, pour le moment, elle se sentait complètement ridicule.

— Morgan, **PEUX-TU ME RAPPELER POURQUOI JE DOIS PORTER UNE CITROUILLE SUR LA TÊTE ?**

— C'est plus sûr, je te le promets. L'Endermonster a des pouvoirs supérieurs à ceux de l'Enderman, mais il se comporte comme un Enderman.

Il enfila sa propre citrouille, comme un casque, et ajouta :

– Or, les Endermen n'attaquent pas ceux qui les regardent dans les yeux s'ils sont coiffés d'une citrouille.

– Pour ma part, ce plan me plaît beaucoup, assura Po. Je dirais même qu'il pourrait me faire prendre *la grosse tête* !

En plus de sa citrouille, il arborait des vêtements noirs, complétés d'une cape. On aurait dit le Cavalier sans tête de la célèbre légende.

Harper poussa un soupir. Elle avait l'impression que cette histoire de citrouille était une blague. Mais elle savait aussi que Morgan prenait Minecraft beaucoup trop au sérieux pour plaisanter dans de telles circonstances.

Ils devaient capturer l'Endermonster s'ils voulaient avoir le moindre espoir de sauver leur ami numérique.

– Passons le plan en revue, décida Harper. D'abord, on creuse un trou, puis on le remplit avec le sable des âmes* que j'ai récolté dans le Nether*…

— … parce que le sable des âmes empêche les Endermen de se téléporter ! compléta Jodi.

— Attention ! **Cette astuce ne vaut qu'en journée,** précisa Morgan.

Po résuma le plan à son tour :

— On va obliger l'Endermonster à se téléporter dans le fossé. Là, il ne pourra pas en ressortir par téléportation, ni en grimpant, car le trou sera trop profond.

— Il ne reste plus qu'à régler la question de l'appât, conclut Theo. Que va-t-on utiliser pour l'attirer jusqu'au fossé ?

— Tu veux dire *qui* ! répliqua Morgan en lui adressant un regard appuyé. Tu étais sérieux quand tu disais que tu étais prêt à tout pour réparer tes bêtises ?

Bien que les avatars ne puissent pas pâlir, tout le monde crut voir celui de Theo devenir blanc comme un linge.

L'Endermonster ne fut pas difficile à localiser. Il ne s'était pas beaucoup éloigné du lieu de leur première bataille. **Il se déplaçait d'arbre en arbre,** transportant des blocs apparemment au hasard. Harper distribua des fioles contenant un liquide bleu électrique.

– Buvez ça, dit-elle à ses amis.

– On dirait une boisson énergétique, commenta Po.

Un grand sourire se dessina sur le visage de la fillette.

– Tu ne crois pas si bien dire! Ce sont des potions de rapidité. **ON AURA BESOIN D'ÊTRE AGILES FACE À UN ENNEMI CAPABLE DE SE TÉLÉPORTER.**

Theo avala la boisson.

– Je me sens déjà plus léger, annonça-t-il. Souhaitez-moi bonne chance.

– On est avec toi! assura Jodi.

Theo enleva sa tête de citrouille et regarda l'Endermonster droit dans les yeux.

– **COUCOU, ENDERMONSTER!** Je te vois!

La créature hostile se retourna en entendant sa voix et émit un cri glaçant.

– Maintenant, Theo! hurla Harper. Cours!

Theo s'élança au moment où l'Endermonster se téléportait à l'endroit où il se tenait. Celui-ci le manqua de justesse, et ses deux poings s'abattirent dans l'herbe.

Il poussa un cri de rage et sonda les bois de ses yeux rouges et sinistres. Quand il aperçut Theo, il se téléporta de nouveau et, cette fois encore, le rata de peu.

– **THEO EST PLUS RAPIDE QUE LUI GRÂCE À LA POTION !** se réjouit Harper.

– Mais ne nous laissons pas distancer, au cas où ses ressources s'épuiseraient, ajouta Morgan. En avant !

Tous se ruèrent à travers bois. **En tête, Theo hurlait à pleins poumons,** talonné par l'Endermonster. Harper et les autres pourchassaient ce dernier, protégés de sa fureur par leur tête de citrouille.

Lorsque Theo atteignit la lisière de la forêt et que le trou fut en vue, il ne ralentit pas. Au contraire, il bondit dedans à pieds joints.

« Je perdrai sans doute quelques points de santé, mais moins qu'en recevant un coup de poing », se dit-il, avant de sauter.

Tout le monde retint son souffle. La créature hostile allait-elle le suivre ?

Harper laissa échapper un « Youhou ! » triomphant : **l'Endermonster s'était téléporté directement dans le piège.**

Theo échappa à un nouveau coup, puis il s'agrippa à l'échelle accrochée contre la paroi du fossé et grimpa aussi vite que possible. Bientôt, il fut hors de portée de son adversaire et en sécurité sur l'herbe.

La petite bande avait réussi. Son plan avait fonctionné.

Mais, maintenant que les enfants avaient capturé l'Endermonster, qu'allaient-ils faire de lui ?

Ash fut surprise de retrouver ses amis au bord d'un grand trou, l'air grave.

Leurs yeux s'illuminèrent quand ils l'aperçurent.

— Ash! cria Jodi **en se jetant dans ses bras cubiques.**

— Salut, Jodi! C'est chouette de te voir. Mais, euh… Pourquoi Po porte-t-il une citrouille sur la tête?

— C'est la nouvelle tendance! plaisanta le garçon, **avant d'étreindre à son tour les deux amies.**

Harper et Morgan se joignirent au câlin collectif.

Seul Theo resta à distance. Timidement, il fit un signe à Ash.

— C'est bon, on l'a eu, déclara-t-il. On a pris l'Endermonster au piège.

— **ENFIN, POUR LE MOMENT...** nuança Morgan.

Il leva les yeux vers le soleil qui déclinait dans le ciel.

— Quand le soir tombera, il pourra de nouveau se téléporter. Et on ne réussira peut-être pas deux fois ce qu'on vient d'accomplir.

— Alors, que faire ? interrogea Harper. **ON A BESOIN DE TEMPS POUR SAVOIR COMMENT RÉPARER LE ROI ÉVOCATEUR.**

— On pourrait fabriquer une cage ? suggéra Po. D'où l'Endermonster ne pourra pas se téléporter.

— Ou bien, on pourrait l'assommer, proposa Morgan. S'il est en moins bonne santé, il réapparaîtra peut-être sous sa forme initiale.

Il sortit son arc et déclara :

— D'ici, ce serait très facile.

— C'est risqué, fit remarquer Jodi. Et cruel.

— Le laisser en liberté n'est pas moins dangereux, souligna son frère.

Ash baissa les yeux vers l'Endermonster au fond du trou. Il arpentait le sable des âmes de long en large, l'air anxieux, et même apeuré. Il leva la tête vers la fillette, et leurs regards se rencontrèrent.

L'Endermonster poussa un hurlement. Trembla. Tenta encore et encore de se téléporter. Mais il était piégé.

— Ne me regarde pas! rugit-il. **NE ME REGARDE PAS!**

Ash fit un pas en arrière. Comme il était étrange d'entendre la voix du Roi évocateur s'élever de la bouche du monstre.

— Il est furieux, constata Po.

— Pas furieux, corrigea Ash. Terrorisé!

Elle pivota vers Morgan.

— **RANGE TON ARME, S'IL TE PLAÎT.** L'attaquer n'est pas une bonne stratégie.

Le garçon s'exécuta mais garda l'air sombre.

— Que proposes-tu à la place ?

Les poings sur les hanches, Ash répondit :

— **L'UN DE VOUS A-T-IL ESSAYÉ DE LUI PARLER ?**

— Lui parler? répéta Po. À Monsieur Le Lugubre aux Yeux Luisants?

— Il a la voix du Roi évocateur, rappela Ash. Si ça se trouve, il écoute et pense aussi comme lui.

Il y eut un silence.

— Je vais essayer, proposa Theo.

Puis il réfléchit et ajouta :

— Si vous êtes tous d'accord. À partir de maintenant, je ne prendrai plus aucune décision qui puisse nous affecter sans en avoir d'abord discuté.

— **QUE COMPTES-TU FAIRE ?** demanda Morgan en haussant un sourcil rectangulaire.

— Je vais redescendre dans le fossé. J'aimerais parler à l'Endermonster. **SEUL À SEUL.**

Chapitre 11

DISCUSSION À CŒUR (DE PIERRE) OUVERT...

Theo laissa sa citrouille au bord du trou. Il voulait que la créature hostile le voie complètement. **Avec un peu de chance, la part de l'Endermonster qui était en réalité le Roi évocateur reconnaitrait son ami.**

La seule règle était d'éviter à tout prix de le regarder dans les yeux pour ne pas le mettre de nouveau en colère.

Theo descendit les barreaux de l'échelle. Les autres étaient inquiets. Morgan, surtout ; **il était mal à l'aise quand il ne contrôlait pas la situation.** Or, à cet instant précis, tout reposait sur Theo.

Parvenu au fond de la cavité, ce dernier braqua les yeux sur le sable des âmes qui en tapissait le sol. Un matériau lugubre... Comme si la situation n'était pas assez angoissante !

– Je… Euh… Je viens en ami, articula Theo.

JUSTE POUR DISCUTER AVEC TOI.

L'Endermonster garda le silence. Il ne donna aucun signe d'agitation.

– Tu te souviens de moi ? Je suis Theo. On était les deux nouveaux de la bande…

Il esquissa un pas et poursuivit :

– TU TE FAISAIS APPELER « LE ROI ÉVOCATEUR ».

Cette fois, la créature poussa un hurlement. Theo frémit, mais il garda les pupilles rivées au sol.

Alors l'Endermonster prit la parole :

— Pas «le Roi évocateur »… dit-il. «La peur du Roi évocateur ».

— La peur ? répéta Theo, lui-même de plus en plus effrayé. Je ne comprends pas.

— Roi évocateur était UN. **ROI ÉVOCA-TEUR EST SIX!**

Il fallut un moment à Theo pour saisir ces paroles. Soudain, il eut un déclic.

Avait-il bien saisi ? Une métamorphose aussi étrange était-elle possible ?

« Le Roi évocateur ne s'est pas transformé en

une créature hostile… Il s'est transformé en *six* créatures hostiles ! »

Theo repensa au moment où Jodi avait convaincu le roi de devenir leur ami. Celui-ci avait pris peur : **rien ne l'angoissait plus que le changement.**

Cet Endermonster était-il donc la partie de lui qui avait peur ?

– Je sais ce que tu éprouves… reprit le garçon. Je connais ce sentiment de ne vouloir être vu par personne. Parce qu'on craint qu'en nous voyant tels qu'on est, les gens ne nous aiment pas.

Theo prit une longue inspiration et ajouta :

— On se croit plus en sécurité en restant caché. **SAUF QU'ON S'ISOLE.** Tu ne te sens pas seul, parfois ?

L'Endermonster garda le silence, hormis quelques râles.

Theo s'avança encore d'un pas.

— Maintenant, je vais te regarder, dit-il. Je sais que tu as peur. Mais je te demande d'être courageux. Parce que je suis ton ami et qu'un ami doit pouvoir voir qui tu es vraiment.

Theo leva son menton carré et planta ses yeux dans ceux, rouge sang, de l'Endermonster.

— Pas peur, déclara enfin ce dernier.

— Bien, l'encouragea Theo. Très bien.

Les yeux de la créature hostile scintillèrent. Tout son corps brilla. Alors il se pencha en avant et chuchota quelque chose à l'oreille du garçon.

Mais avant que celui-ci ait le temps de répondre, un éclair traversa l'Endermonster – **un éclat de lumière en forme de papillons pixellisés.** Il y en avait tout un essaim, et ils voletèrent en direction de Theo, étincelants et colorés. Le garçon ferma les paupières pour se protéger.

Quand il les rouvrit, il constata que les papillons avaient disparu... **ainsi que l'Endermonster.** À l'endroit où il se tenait quelques secondes plus tôt reposait à présent un long bloc rectangulaire.

— Qu'est-ce que c'est ? demanda Jodi.

— Une jambe, expliqua Theo. **LE PREMIER MORCEAU DU ROI ÉVOCATEUR.**

— Le premier ? répéta Morgan. Ce n'est donc… que le début ?

— Je vais tout vous expliquer, assura le garçon Mais, d'abord, il faut ranger ce membre dans l'un de nos inventaires.

Chapitre 12

TOUT EST BIEN QUI FINIT BIEN ! HORMIS QUELQUES LIGNES DE CODE DÉFECTUEUSES ET UN SOMBRE AVERTISSEMENT, BIEN SÛR...

Le lendemain, avec l'autorisation de Doc, Theo retourna à la bibliothèque de l'Épée de Pierre pendant la pause déjeuner. Il avait promis de désinstaller tous ses mods – du moins, le temps que ses amis et lui décident ensemble lesquels étaient utiles.

Cela n'avait rien de difficile. Mais quand Theo découvrit le code de Doc, il retint un cri.

Il manquait des lignes entières. **Certains dossiers avaient été effacés.** Le mod qui rendait leur jeu de Minecraft si spécial n'était plus complet.

Theo ne s'y connaissait pas assez en programmation pour comprendre exactement ce

que cela voulait dire. Mais il en savait suffisamment pour comprendre que ce qu'il venait de découvrir était grave.

Le Roi évocateur n'était pas le seul à s'être transformé. **LE JEU TOUT ENTIER AVAIT CHANGÉ.**

En quittant la bibliothèque, Theo aperçut Mme Minerva, Doc et M. Malory qui déjeunaient ensemble, à côté de la statue de l'Épée de Pierre. Tous riaient.

M. Malory le repéra à son tour.

– Salut, Theo! lança-t-il. Alors, tu as réglé ton problème avec tes amis?

— Oui, je crois. J'ai suivi vos conseils, ainsi que celui de mon amie Ash, expliqua Theo. **J'ai envie d'être honnête avec eux et qu'ils voient qui je suis vraiment.** J'ai l'impression que ça fonctionne.

Mme Minerva hocha la tête.

— Ce sont des paroles très sages, Theo. Ne l'oublie jamais : l'amitié, cela se travaille. Et ce travail n'est jamais complètement fini.

— Certaines amitiés nécessitent plus de travail que d'autres… ajouta Doc en gloussant, tandis que Mme Minerva lui jetait un regard noir.

— Je ne comprends pas, répondit Theo. Je veux dire… Sans vouloir être impoli… Il y a deux jours, **je pensais que vous vous détestiez, toutes les deux.**

Doc secoua la tête.

— On ne se détestera jamais, voyons ! Cela fait trop longtemps que nous sommes amies.

— Parfois, entre amis, il arrive que l'on ne soit pas d'accord, expliqua Mme Minerva. Il arrive même qu'on soit en profond désaccord. Et c'est parfaitement acceptable, dès lors qu'on est en phase sur l'essentiel.

— Sur l'essentiel ?

— Oui, poursuivit la professeure. Par exemple, Doc et moi croyons que l'éducation est primordiale. **Nous partageons la même passion de l'enseignement.** Et nous pensons que vous, les enfants, méritez ce qu'il y a de meilleur.

— Et aussi que la réserve de papillons est un grand atout pour le collège, ajouta Doc. Surtout s'il me permet d'améliorer certains de nos systèmes informatiques. **L'Épée de Bois sera un établissement de pointe !**

Mme Minerva leva les yeux au ciel et soupira :

— Je suppose qu'un peu de désordre n'a jamais fait de mal à personne.

— Oh ! s'exclama M. Malory. Voilà qui me fait penser…

Il prit le casque de réalité virtuelle des mains de Theo.

— On ne peut pas laisser ce genre de gadgets circuler librement dans la bibliothèque. Ils doivent intégrer notre base.

– Mais… commença Theo. On les rapporte tous les soirs chez nous. Pour qu'ils soient en sécurité.

– Ils seront parfaitement en sécurité ici, assura le jeune homme. Il ne pourra rien leur arriver dans notre salle numérique.

Malgré le sourire de M. Malory, Theo était inquiet. **Car, si le casque de réalité virtuelle restait à la bibliothèque,** il pourrait être utilisé par n'importe qui.

Finalement, transférer le labo informatique à l'Épée de Pierre n'avait peut-être pas été une si bonne chose.

« Voilà un autre problème à régler plus tard », pensa le garçon.

Toutefois, les ennuis ne faisaient que s'accumuler, depuis quelque temps. Comme une tour de blocs qui, à coup sûr, finirait par s'effondrer…

Theo retourna au collège pour découvrir une très bonne surprise.

Très bonne… et très verte.

– On n'est pas obligés de s'appeler les Zablocs,

déclara Morgan. **Mais l'idée de l'uniforme est sympa.**

Morgan, Harper, Po et Jodi se tenaient en rang, chacun arborant fièrement son tee-shirt. Harper portait également un carton de pizza.

– On s'est dit qu'on t'en devait une, expliqua-t-elle. On a même choisi une garniture à l'ananas !

– Enfin… seulement sur une moitié, précisa Po. **Parce que c'est quand même bizarre, la pizza à l'ananas !**

– C'est ce qu'on appelle un compromis, conclut Jodi, avant de brandir le téléphone de Harper. Pas vrai, Ash ?

– Exact ! confirma cette dernière à travers l'écran. Bienvenue dans l'équipe, Theo ! Pour de bon, cette fois.

– Et… ? ajouta Jodi en adressant un coup d'œil à son frère.

– **Et je suis désolé de ne pas t'avoir bien accueilli,** marmonna Morgan, avant d'ajouter avec un petit sourire : Comme me l'ont rappelé Ash et Jodi, je m'emporte un peu, parfois.

Le visage de Theo s'éclaira.

— Pas de problème, ça m'arrive aussi, à ma manière.

Il se frotta la nuque avant de reprendre :

— J'ai fait beaucoup de choix sans vous consulter et **j'ai caché des secrets parce que j'avais peur de vous mettre en colère,** dit-il en haussant les épaules. Je n'ai jamais eu un groupe d'amis proches comme vous. Il me faut un peu de temps pour m'habituer.

– On va y arriver, assura Morgan. On est doués pour résoudre des problèmes. **Même si je n'ai toujours pas compris comment mon armure en diamant avait fini en haut d'un arbre...**

Theo se garda de tout commentaire. Sur l'écran du téléphone, Ash esquissa un sourire mais resta muette, elle aussi.

– Alors, tout est réglé, conclut cette dernière, gaiement. Maintenant, vous n'auriez pas une solution pour déguster une pizza à distance ? Ce serait une histoire qui finirait vraiment bien !

Tout le monde éclata de rire, et Theo sentit ses soucis s'envoler.

Ou plutôt *la plupart* de ses soucis. Car il ne pouvait oublier ce qu'il avait découvert dans le code de l'Endermonster, ni le dernier avertissement que celui-ci lui avait chuchoté :

« PRENDS GARDE ! L'ERREUR DÉTRUIRA LA SURFACE... »

Pour en apprendre plus sur l'univers
fascinant de **MINECRAFT,**
rendez-vous sur Minecraft Wiki :
https://minecraft-fr.gamepedia.com/Minecraft_Wiki

Glossaire

Enderman : longue créature originaire de l'End qui peut se téléporter et ramasser des blocs.

Modding : fait d'ajouter une extension afin d'apporter de nouvelles fonctionnalités au jeu.

Nether : dimension infernale remplie de lave, de flammes et de créatures dangereuses.

Potion jetable : potion pouvant être lancée et capable d'affecter les créatures passives, les monstres et les autres joueurs.

Sable des âmes : bloc que l'on trouve dans le Nether, qui ralentit le mouvement des créatures circulant dessus.

Skin : apparence d'un personnage ou d'une créature.

Toucher de soie : enchantement permettant d'obtenir des blocs habituellement irrécupérables et de déplacer n'importe quel objet sans le casser.

Nick Eliopulos vit à New York, dans le quartier de Brooklyn (comme de nombreux écrivains !). Il passe la première moitié de son temps à écrire, et la seconde à jouer à des jeux vidéo. Avec son meilleur ami, il a coécrit la série *The Adventurers Guild*, et il travaille pour un petit studio de jeux vidéo en tant que *narrative designer*. Après toutes ces années à œuvrer sur Minecraft, les Endermen (ces créatures sombres venues de l'End, qui se téléportent) lui donnent toujours la frousse !

Luke Flowers est un auteur-illustrateur qui vit à Colorado Springs avec son épouse et ses trois enfants. Devenir illustrateur de livres pour enfants était un rêve de longue date, et depuis qu'il a commencé sa carrière, en 2014, il a illustré quarante-cinq livres ! Luke a aussi écrit et illustré une série best-seller sur un petit ninja, intitulée *Moby Shinobi*. Lorsqu'il ne dessine pas dans sa cave-atelier, il aime faire des marionnettes, jouer au basket et partir à l'aventure en famille.

RETROUVE TES HÉROS PRÉFÉRÉS DANS LE PREMIER CYCLE DES « CHRONIQUES DE L'ÉPÉE DE BOIS » !

1. EN MODE SURVIE !

Jodi, Harper, Morgan, Po et Ash partagent un secret : chaque soir, après les cours, ils testent les casques de réalité virtuelle conçus par leur professeure de sciences. Mais, très vite, les enfants s'aperçoivent que l'expérience va bien au-delà d'une simple partie de Minecraft... Leur jeu vidéo préféré est plus vrai que jamais !

2. CRÉATURES HOSTILES

Une nuée de chauves-souris a envahi le collège de l'Épée de bois. Que viennent-elles faire ici ? Et si elles étaient tout droit sorties de Minecraft ? Équipés de leurs casques de réalité virtuelle, Jodi, Harper, Morgan, Po et Ash décident de mener l'enquête… et affrontent une horde de zombies !

3. GRAND PLONGEON

Harper et ses amis plongent dans Minecraft pour une incroyable exploration sous-marine. Bizarre… Celle-ci ressemble exactement à l'expérience scientifique qu'ils mènent au collège. Rattrapés par les ennuis dans les deux mondes, ils décident de mener l'enquête…

4. MACHINE INFERNALE

Rien ne va plus au collège de l'Épée de bois : les portes de l'ascenseur sont bloquées, les lumières du hall clignotent sans arrêt et les haut-parleurs émettent un sifflement incessant. Coïncidence ? Pas sûr. Si l'on en croit les indices récoltés par Jodi et ses amis, tout indique qu'il s'agit d'un coup… du Roi évocateur !

5. DONJON MAUDIT

Au collège, tout le monde s'active pour préparer le spectacle de l'année. Mais Po et ses amis ont une autre mission : trouver l'origine du pouvoir du Roi évocateur au fond d'un donjon maudit. Or, plus ils s'enfoncent dans le monde virtuel, plus ils se sentent contrôlés… jusque dans leurs moindres pensées !

6. COMBAT FINAL

À l'heure de l'affrontement final, la partie s'annonce serrée… Maintenant que le Roi évocateur détient la toute-puissante pierre fondatrice, Morgan et ses amis peuvent-ils encore le vaincre ?

Pour le savoir, une seule solution : mener le combat jusqu'à son terme !

Imprimé en Italie par 🐿 Grafica Veneta S.p.A.

Dépôt légal : juin 2022
Numéro d'édition : 402454
ISBN : 978-2-07-516614-0
sur les publications destinées à la jeunesse
Loi n° 49-956 du 16 juillet 1949

Mise en pages : Maryline Gatepaille